〈페루 기행〉

잉카를 찾아서

송근원

〈페루 기행〉

잉카를 찾아서

발 행 | 2020년 3월 24일

저 자 | 송근원

펴낸이 | 한건희

펴낸곳 | 주식회사 부크크

출판사등록 | 2014.07.15.(제2014-16호)

주 소 | 서울특별시 금천구 가산디지털1로 119 SK트윈타워 A동 305호

전 화 | 1670-8316

이메일 | info@bookk.co.kr

ISBN | 979-11-372-0196-5

www.bookk.co.kr

머리말

우리가 몰라도 너무나 모르고 있었다.

옛 마야와 잉카 문명, 막연하게 그런 게 있다는 말만 들었을 뿐, 이 문명을 일으킨 사람들에 대해서도, 이들의 문명이 어떤 것인지에 대해서도, 그리고 이들의 역사나 생활에 대해서도 우리는 정말 무지(無知) 그 상태였다.

여기에는 여러 가지 탓이 있겠으나, 학교에서 제대로 배우기만 했어도 그렇게까지 무식하지는 않았을 것이다.

지금은 어떤지 모르겠으나, 쓴이가 중고등학교를 다녔을 때에는 세계사를 배워도 주로 유럽의 문화사 중심으로 배웠다.

동양의 역사는 단지 중국의 왕조 이름 정도만 외웠을 뿐, 가장 가까운 일본의 역사도 전혀 가르치질 않았다. 인도, 버마, 타일랜드, 캄보디아, 베트남, 리오스, 인도네시아 등 동남아의 역사 역시 거의 배우지 못했다. 하물며, 지금의 중동이나 서남아시아, 아프리카의 역사는 물론 멀리 떨어진 중남미의 역사를 어찌 알았겠는가!

물론 고대 이집트 문명 정도는 언급하고 지나갔으나, 그리고 인도 대륙에서의 아리안 족의 침입 등에 대한 언급은 있었으나, 이것 역시 유럽 문화사를 이야기하기 위한 서론의 일부였을 뿐이다.

이와 같이 편향된 역사 교육은 우리로 하여금 유럽 문화에 대한 선망(羨望)을 부추겼을 뿐이다. 곧, 유럽 문명에 대한 부러움, 그리고 그것은 무의식중에 "유럽 문명이 최고다."라는 인식을 심어주었을 뿐이다.

물론 쓴이의 잘못도 있을 것이다.

그렇지만, 근본적으로 가르치질 않았으니 배우지 못한 게 당연하다.

그저 마야와 잉카에 대한 호기심만 있었을 뿐이다.

2만 년 전인가 3만 년 전인가, 빙하기 때에 아시아에서 알라스카를 거쳐 건너간 민족들이 아메리카 인디언들이라는 것, 그리고 이들이 이루어낸 문명이라는 것, 여기에 유카탄 반도의 피라미드, 마추피추의 산상 도시와 나즈카 평원의 거대한 그림들, 이런 것들에 대한 막연한 호기심이 더해져서 만들어낸 것이 이번 여행이었다.

워낙 멀리 떨어져 있는 곳이라서 엄두를 못 내다가, 연구년을 맞아 버클리 대학에서 1년을 보내게 되었는데, 이것이 이곳을 방문하게 된 기회가 된 것이다.

버클리대학의 사회복지대학원에서는 교수 연구실을 개조해야 하기 때문에 9월부터 내년 6월까지 10개월만 연구실을 쓸 수 있고, 7월부터는 연구실을 비워주어야 한다는 연락을 받고 오케이 한 것이 그만 비자를 받는데 그대로 적용되어 미국 체류 비자가 6월말로 끝나버린 것이다,

그냥 12개월 비자를 주었으면 좋았을 터인데, 미국 대사관에서 야박

하게도 초청장대로 비자 기간을 9월부터 다음 해 6월 말까지로 기입하여 10개월 비자를 준 것이었다

버클리에서 10개월을 보낸 다음, 7월 8월 두 달을 어이할까, 일찍 귀국할까 하다가, 잘 되었다 7월 8월 두 달 동안 시간이 있으니 이 기회에 멕시코와 페루를 여행해야겠다 싶어, 인터넷으로 싼 비행기표를 수배하고, 호텔을 예약하고, 그리고는 클릭 클릭하고 신용카드 번호를 치고, 또 클릭하고 해 놓았으니 빼도 박도 못하고 마야와 잉카로 날아갈 수밖에.

흔히 사람들은 어떻게 그런 곳에 갈 생각을 하였는가? 아니 갈 수 있는가를 묻는다.

이것이 사실 어려운 일이 아니다. 생각은 누구나 할 수 있는 것이고, 인터넷으로 비행기표와 호텔 등등을 찾아보는 것까지는 누구나 할 수 있는 일이다.

그렇지만 생각하고 또 생각하고 이것저것 따지면 아무 일도 못한다. 그냥 카드를 손에 들고 카드 번호를 대고 검지 손가락으로 카드 번호만 클릭하면(돈을 지불해버리면) 되는 것이다, 가능하면 취소가 불가능한 싼 비행기 표를 끊어 놓으면 그냥 가게 되어 있는 것이다.

요 마지막 순간을 견디지 못하면 기회는 영영 날아가 버린다.

우리가 중남미를 방문할 수 있었던 것에 대해서 정말로 하느님께 감사한다. 전혀 후회가 없다. 그만큼 얻은 것이 많기 때문이다.

귀로 듣던 것과 막연한 동경과 호기심은 실제 경험을 하면 전혀 달라진다. 생각이 달라지고 사람이 달라진다. 몰랐던 것을 알게 되면, 우리의 편협된 사고는 저절로 교정이 되는 것이다. 심지어는 그러한 어마어

마한 문명을 일으킨 아메리카 인디언들에 대한 존경심까지 생기는 것이다.

그리고 저들의 생활과 풍습, 언어 등을 통해 저들이 우리와 가까운 민족임을 알게 되니, 저들에 대한 인류애가 저절로 생성되는 것이다. 비록 지금은 저들이 남루하게 살고 있다 하더라도.

그렇지만 못 가 본 사람들로서는 간접적으로라도 이를 경험할 필요가 있다.

제도권 교육이 잘못하고 있다 하더라도, 그것을 탓하기 전에 마야와 잉카에 대해 알고 싶은 분들은 책을 통해서 스스로 알면 되는 것이다.

물론 이 책이 얼마나 이러한 목적에 이바지할지는 모르겠다. 솔직히, 주마간산(走馬看山) 격으로 보고 느끼고 생각한 대로 써 놓은 것이기 때문이다.

더욱이 마야와 잉카를 방문한 것이 2001년 여름이었으니까 여러 가지가 바뀌었을 것이다. 시간은 모든 것을 그대로 두지 않는다.

처음 이것을 기록한 것은 마야와 잉카를 방문하고 난 바로 다음이었지만, 이를 출판할 생각도 출판할 여유도 없었다.

다만, 홈페이지에 이를 실어 놓았을 뿐이고 그곳을 여행하시는 분들이 가끔 읽고 댓글을 달아놓았을 뿐이다.

세월이 벌써 흐르고 흘러 10여 년이 훌쩍 지나, 이제 인터넷으로 쉽게 출간할 수 있게 되어, 필요하신 분들에게 도움이 되고 싶은 마음에 많은 정보가 바뀌었음에도 불구하고 이 책을 내는 것이다.

이를 감안하고 10여 년 전에 이랬구나를 생각하고 읽어주셨으면 한다.

그렇지만 이들의 문명에 대한 느낌이, 비록 피상적인 느낌일지라도, 읽는 이들에게 조금이라도 전달되었으면 좋겠다.

그리고 이들을 방문할 기회가 있으면, 머리보다는 손가락을 신뢰하고 클릭클릭 했으면 좋겠다. 이때 이 책이 조금이라도 도움이 되었으면 좋겠다.

이 책을 읽는 분들이 마야와 잉카를 한 번 방문하길 빈다.

2001년 12월 처음 씀

마야와 잉카, 이를 책으로 엮어놓으니 크라운판으로 270페이지가 넘는다.

요즘 책을 잘 안 읽는 추세인데, 이렇게 출판하면 책도 무겁고, 또 지루할 것 같기도 하고, 또한 멕시코와 페루를 동시에 방문하는 분들은 그리 많지 않으리라 생각하여, 다시 이를 손질하여 국판으로 〈멕시코 기행: 마야를 찾아서〉와 〈페루 기행: 잉카를 찾아서〉의 두 권으로 나누어 출판하려 한다.

이곳을 여행하시려는 분들이나 이 책들을 통해 잉카와 마야를 이해하시려는 분들에게 도움이 되었으면 좋겠다.

다만 멕시코와 페루 여행은 시간이 꽤 오랜 된 것이라서, 화폐 가치나 세상 물정과 풍물도 많이 달라졌을 것이니, 이런 점 감안하시며 읽어 주시면 고맙겠다.

한편 중남미 여행을 계획하시는 분들에게 도움이 될 수 있도록 2019년에 여행한 도미니카, 콜롬비아, 볼리비아, 칠레, 아르헨티나, 브라질 등의 남미 지역과 귀국길에 들른 스페인, 그리스의 여정에 대한 기록을 남겼는데, 이는 〈남미 여행기 1: 도미니카, 콜롬비아, 볼리비아, 칠레: 아름다운 여행〉과 〈남미 여행기 2: 아르헨티나, 칠레: 파타고니아와 이과수〉 및 〈남미 여행기 3: 아르헨티나, 브라질, 스페인, 그리스: 순수와 동심의 세계〉이다.

　이들을 참조하시어 중남미에 관한 좋은 여행 계획을 짜고 기억에 남는 여행을 하셨으면 좋겠다.

　　　　　　2017년 6월 다시 쓰고, 2020년 3월 BOOKK에서 출판함.

　　　　　　　　　　　　　　　　　　　　　　　　　　솔뜰

리마
(2001.7.31.-8.1)

미라 플로레스

1. 페루로 향하여 ▶ 1

2. 페루와 리마의 이것저것 ▶ 5

3. 귀고리하면 귀 찢어진다! ▶ 9

4. 깨끗하고 싼 호텔 구하는 법 ▶ 14

쿠즈코
(2001.8..2)

잉카의 후예

5. 3,360미터 고지에 있는 잉카의 수도 쿠즈코 ▶ 17

6. 언어생활의 주체성을 찾자. ▶ 21

7. 성당은 무너져도 잉카의 신전은 끄떡없다. ▶ 26

8. 생존이 제일인 덕인 것을! ▶ 32

9. 섹시 우먼? ▶ 35

10. 잉카가 주는 교훈 ▶ 40

마추피추
(2001.8.3.~8.4)

마추피추

11. 마추피추 가는 기차: 어, 앞으로 가더
니 왜 또 뒤로 가지? ▶ 46

12. 비밀에 싸인 산 위의 도시 ▶ 52

13. 마추피추의 도시 계획 ▶ 58

14. 금강산의 상팔담(上八潭)을 닮았구나!
▶ 64

15. 영원을 담는 마추피추의 해시계여!
▶ 68

16. 마추피추를 내려오며 ▶ 72

17. 후와이나피추를 오르다. ▶ 76

18. 달의 신전 ▶ 83

피삭 / 울란타이탐보 / 친체로
(2001.8.5.~8.6)

친체로 유적

19. 피삭의 인디언 시장 ▶ 88

20. 우리 옛말과 닮은 잉카의 말 ▶ 93

21. 올란타이탐보의 큰 바위 얼굴 ▶ 100

22. 친체로의 감자 ▶ 105

23. 머리가 안 좋으면 행복한 법 ▶ 110

락치 / 부가라
(2001.8.7)

인디오와 양떼

뿌노 / 아만타니 / 추쿠이토
(2001.8.8.~8.9)

아만타니 섬

24. 쿠즈코에서 뿌노 가는 길: 태양의 무늬 ▸ 115

25. 세월 무상, 역사 무정 ▸ 119

26. 안데스 고원 도시 아야비리 ▸ 124

27. 안데스 산 속의 가락국 ▸ 128

28. 가락의 전설들아⋯. ▸ 134

29. 부가라의 유적과 소 숭배 ▸ 139

30. 뿌노에서의 일정 ▸ 142

31. 티티카카호: 갈대로 엮은 섬 우로스의 비밀 ▸ 146

32. 우로스의 생활 ▸ 151

33. 아만타니 섬: 이들은 쥐를 키우고 잡아 먹는다? ▸ 155

34. 잉카의 처녀와 디스코를! ▸ 161

35. 트랜지스터 라디오가 중매쟁이? ▸ 166

36. 또 바가지를 썼구나! ▸ 169

37. 추쿠이토 사원: 웬 남근(男根)들이 이렇게? ▸ 175

아레키파 / 나즈카
(2001.8.10.~8.12)

리마 가는 길

38. 뿌노에서 아레키파 가는 길 ▶ 178

39. 아레키파: 대성당, 콤파냐 교회 등
    ▶ 184

40. 튀긴 문어를 먹다 버스를 놓칠 뻔했
    네. ▶ 188

41. 나즈카 평원의 그림들: 우주인이 그린
    걸까? ▶ 193

42. 나즈카는 티코 천국 ▶ 198

리마
(2001.8.13.~8.15)

항아리

43. 리마의 관광 경찰 ▶ 203

44. 돈이 없다고 슬퍼할 필요는 없다.
    ▶ 210

45. 오로 박물관: 옛 잉카인의 성 생활
    ▶ 216

46. 리마에서 멕시코시티로 ▶ 222

책 소개 ▶ 226

리마

1. 페루로 향하여

2001년 7월 31일(화)

드디어 멕시코를 떠나 페루로 갈 날이 왔다.

원래는 8월 1일 출발 예정이었으나, 샌프란시스코에서 멕시코로 떠나기 일주일 전 쯤 Aero-Mexico로부터 8월 1일 비행기가 결항된다고 갑자기 연락이 오는 바람에 하루 앞당겨 비행기를 예약한 까닭이다.

이와 같이 여행에서는 여정이 변경되는 경우가 흔하다. 이번 멕시코 여행도 마찬가지이다.

사실 멕시코에서는 꼬르도바를 떠난 후 칸쿤으로 갈 계획이었으나 오아하카와 멕시코시티로 여행지를 바꾸게 되어 처음의 여행 계획과는 전혀 달라졌으니 말이다.

그렇지만 정말 후회는 없다. 처음의 여정대로 여행을 했다면, 오아하카는 물론 아마도 멕시코시티를 제대로 보지 못할 뻔했다. 특히 오아하카의 낭만과 테오티후아칸의 피라밋과 챠풀테펙의 인류학 박물관 등을 본 것은 아직도 기억에 남는다.

이를 볼 때, 중간에 완전히 계획이 바뀌었어도 그런 대로 가치가 있다는 것을 알 수 있다.

인생의 계획도 마찬가지이다. 어디 계획대로 되는 게 있는가?

그러니 삶이 바뀌었다고 툴툴댈 필요는 없는 것 아닐까? 다 나름대로 가치가 있는 것이니까.

더욱이 미지의 세계로 향할 때에는 아무리 정보를 많이 모은다 해도 현지에서 얻어듣는 정보만 못한 경우가 많다.

그렇기 때문에 여행 계획은 잘 모르고 짤 수밖에 없는 것이다.

물론 칸쿤을 여행했다면 그 나름대로 또 다른 좋은 여행이 되었으리라 생각하지만, 오아하카를 보고 테오티후아칸을 본 것만큼은 정말로 감사한 일이다.

칸쿤은 가보지도 않았으면서도, 칸쿤보다는 오아하카를 가보라고 권하고 싶을 정도이니 얼마나 감사할 일인가!

원래 인생도 여행과 같아 어렸을 적의 계획과는 전혀 다른 삶을 살아가지만, 아마 그것도 그 나름대로 그만큼의 가치가 있을 것이다.

그런데 그것이 오아하카만큼 만족한 삶이라면 정말로 감사할 일일 것이다.

그런데도 사람들은 욕심에 눈이 가려 그 가치를 깨닫지 못하고 늘 불만 속에 사는 것은 아닐까?

물론 너무 현실에 만족해서도 안 될 것이지만, 어차피 미지의 세계인 것을―. 계획대로 안 되었다고, 삶의 방향을 수정했다고, 그렇게 한탄만 할 일은 아닐 것이다.

삶의 한 평생은 미지의 세계로 떠나는 여행인 것이다.

여행 계획이 삐끄러지는 것처럼 우리 인생에서도 그러한 경우가 얼마나 많겠는가! 그러나, 가면서 수정해 나가면, 더욱 가치 있는 인생을 얻을 수도 있을 터인데―.

7월 31일 늦은 아침을 먹고, 짐을 꾸린 후, 2시에 그 동안 정든 이자벨 호텔을 나섰다. 8월 15일 다시 올 테니 예약을 부탁한다는 말과 함께.

1. 페루로 향하여

공항에 도착하여 어슬렁거리다가 5시 비행기에 몸을 싣고 멕시코를 떠나 페루로 향했다.

리마(Lima)에는 그랜드 사보이 호텔(Gran Savoy Hotel)에 7월 31일, 8월 1일 이틀을 예약해 두었으니, 밤 11시쯤 도착해도 별 문제가 없을 것이다.

하루 35달러인데, 담배 피우지 않는 방을 제공하고, 공항에서 데려 오고 데려다 주는 것과 아침 식사가 가격에 포함되어 있었다.

그러니 밤 11시쯤 공항에 도착하면 호텔에서 사람이 나올 것이니 마음이 느긋하다.

밤 11시쯤 우리는 예정대로 리마에 도착했고, 역시 예정대로 호텔에서 사람이 차를 끌고 나와 기다리고 있었다.

차를 타고 호텔로 가는데 큰 길을 벗어나

리마 공항

리마

으슥한 곳을 지나니 조금은 마음이 어수선하다. 예약하지 않았으면 조금은 불안했을지 모르겠다.

허름하고 낡은 집들 사이로 가로등도 시원찮은 곳을 지나면서 드는 첫 느낌은 "참 못사는 나라구나"라는 느낌이었다. 멕시코도 허름하긴 하지만 여기에 비하면 한참 위이다.

사보이 호텔은 별 3개짜리 호텔로서 우리나라의 장급 여관보다 조금 급이 높은 정도이지만 시내 중심가(downtown)에 위치해 있어 관광하기가 좋을 것 같아 택했는데, 12시쯤 도착하니 프런트의 아가씨가 친절하게 방을 안내해 준다.

그렇지만 방은 좁고 우리나라 장급 여관만 못하다.

그러나 저러나 이틀 예약을 했고, 예약할 때 카드 번호를 이미 알려주었으니ㅡ.

그리고 둘이 잠만 자는 데 크게 불편할 것은 없을 것이다.

1. 페루로 향하여

2. 페루와 리마의 이것저것

2001년 8월 1일(수)

아침에 일어나 식당으로 가니 아침 식사가 준비되어 있는데 여러 나라에서 온 여행객들이 모여든다.

이야기를 해보니 대부분 인터넷을 통해 이 호텔을 찾은 사람들이다.

식사 후 프런트에서 페루 관광에 관한 정보를 얻었다. 붉은 색으로 된 책자인데 뒷장에 있는 지도를 보고 걸어서 마요르 광장(Plaza Mayor)으로 나갔다.

여기도 스페인의 영향을 받아 시내 중심가에는 광장이 있다.

마요르 광장은 아르마스(Armas) 광장이라고 부르기도 하는데 스페인의 건축물들로 에워싸여 있으며, 페루의 정치, 행정의 중심지이다.

마요르 광장의 동쪽에는 어김없이 성당이 있고 북쪽에는 정부 궁전이 있다. 남쪽과 서쪽에는 상가가 있고. 다만 멕시코에서처럼 성당과 정부 청사가 마주보고 있지 않을 뿐 전체적인 분위기는 비슷하다.

리마(Lima)는 1535년 스페인의 정복자 프란시스코 피자로에 의해 건설된 도시로서 스페인 정복자들의 본부로 사용되던 곳이다.

리마는 리막 강(Rio Rimac) 둑 위에 세워진 도시로서 페루 최대의 도시이며 수도이다. 또한 천연적인 항구인 칼라오(Callao)가 가깝게 있다.

이곳이 사막 지대임에도 강물로 경작이 가능한 비옥한 땅이 있고 항구가 옆에 있어 이 도시가 건설된 것이다.

리마는 남아메리카의 스페인 제국의 중심지로서 상업과 행정의 중심

리마

지였으나, 1746년 20여 채의 집을 제외하고는 지진에 의해 모두 파괴되었다.

이후 이 도시는 이러한 재앙을 교훈으로 삼아 더 넓은 도로와 큰 광장 등을 갖춘 도시도 재건설되었다.

페루는 1823년에 독립한 나라로서 세계 유수의 어업국이고, 광물 자원이 많은 나라로서 면적이 128만 제곱킬로미터로서 남아메리카 대륙에서 세 번째로 큰 나라이다.

인구는 약 2,100만 명인데 원주민이 45%, 메스티소가 37%, 백인이 12%, 흑인이 5%를 차지한다.

동북쪽의 아마존 상류 지역과 동쪽의 안데스 고산 지대를 제외하곤 서쪽의 해안가는 대부분이 건조한 사막 지대이다.

날씨는 열대 기후에 속하지만 한류와 해발 고도의 영향으로 특이한 기후를 나타낸다.

안데스 산지는 건기와 우기가 뚜렷하다. 건기는 5월-9월이고, 우기는 10월-5월이지만 1월말이 지나야 본격적인 비가 내리기 시작한다. 반면에 아마존 유역의 저지대는 연중 고온 다습하다.

일 년 동안의 기온 변화가 심하지 않아 겨울이라고 해도 그렇게 춥지는 않으나, 때에 따라서는 스웨터 등 겨울옷이 필요하며, 자외선이 강하기 때문에 자외선 차단제 등을 준비하는 것이 좋다.

페루 여행에 관광 비자는 필요 없으며 90일간 체류가 가능하다. 공항에서 돌아갈 비행기 표만 보이면 된다.

페루에서 사용하는 돈은 솔(또는 솔리스: s/)이라고 부르는데 1달러(약 1,300원)에 3.5s/로 교환된다(2001년 여름 현재).

2. 페루와 리마의 이것저것

20세기 후반부에 들어서서 페루는 정치적, 경제적 불안정 때문에 빈곤 문제가 심각한 문제로 대두되었다.

대부분의 큰 산업은 하나의 재벌기업이 독점하고 있고, 후지모리라는 일본계 대통령이 부정부패를 일삼다가 일본으로 도망간 아이러니한 사건이 일어난 나라이기도 하다.

대성당

이런 걸 보면 참 재미있는 나라이다. 외국계 출신 대통령이 한탕하고는 자기 나라로 토끼는 나라!

그렇지만 한편으로는 한탕하고도 전직 대통령으로서 그 나라에서 견디지 못하고 도망자 신세가 될 수밖에 없는 나라이니 법(정신)이 살아 있는 나라라고 생각할 수도 있다.

어찌 보면 쿠데타로 대통령이 되어 한탕이 아니라 몇 탕씩 해먹고도 주머니에 26만원 밖에 없으니 배 째라며 추징금도 안 내고 버티는 우리

리마

나라가 더 우습지 않나?

내란죄로 사형을 선고받고도 금방 풀려나 골프치고 술 먹고 지 맘대로 할 수 있는 나라, 쿠데타로 챙긴 대통령직도 전직이라고 죽을 때까지 경호원의 경호를 받는 나라, 이런 나라가 돈 조금 (많이) 떼먹고 자기 나라로 도망간 나라라고 감히 페루를 손가락질 할 수 있을까?

후지모리가 페루를 세계에 알리는 데 공헌을 하기도 했지만, 페루가 무엇보다도 유명한 것은 인디언들이 이룩한 잉카 문명 때문이다.

비록 찬란했던 황금의 제국 잉카는 백인들의 손에 의해 많이 유린되었지만~.

그리고 우리는 잉카에 대해 잘 모르지만. 그래서 더욱 더 신비롭게 다가서는 곳이 페루이다.

2. 페루와 리마의 이것저것

3. 귀고리하면 귀 찢어진다!

2001년 8월 1일(수)

시내 구경을 하러 호텔에서 나와 마요르 광장 쪽으로 가는 길목은 우리나라의 명동과 같이 번화한 곳이다.

옛 건물들로 이루어져 있는데, 주로 상가로 쓰이며 먹거리를 파는 가게들도 많고, 사람들이 몸에 부딪치지 않으면 지나갈 수 없을 정도로 많다.

광장 쪽으로 가는 도중에 한국 사람으로 느껴지는 사람들이 앞에서 걸어오는데, 아닌 게 아니라 우리를 보자마자 인사를 한다.

우리는 어제 밤 12시에 도착하였다고 인사를 나누고 보니, 이곳에 20여 년을 살고 있는 박OO 선교사 일행이었다.

친척이 한국에서 왔기에 안내를 해 주는 도중이었다며, 선교사님의 차를 타고 미라플로레스(Miraflores)에 가는 길이라며 가보지 않겠냐고 하기에 반가운 마음에 차를 같이 타고 미라플로레스로 갔다.

리마 시는 우리가 묵고 있는 다운타운(Downtown)과 미라플로레스(Miraflores), 산 이시드로(San Isidro), 산 보리아(San Borja), 라 몰리나(La Molina), 바랑코(Barranco), 칼라오(Callao) 등의 구역으로 나뉜다.

이 가운데 칼라오는 북서쪽에 위치한 페루 최대의 항구이고, 바랑코는 해안 지역에 위치한 휴양지이며, 미라플로레스는 상업지역이다.

미라 플로레스는 현대식 건물들이 많이 들어서 있어 옛 건물들로 이루어진 다운타운의 약간은 침침한 분위기와는 다르게 환하고 밝은 분위

10

기이다.

박 선교사님이 커피를 한 잔 하자고 하여 미라플로레스에 있는 이름 모를 한 카페로 들어섰다.

박 선교사님과 사모님, 그리고 한국에서 온 일행들과 함께 커피를 마시면서 페루의 이것저것에 대한 정보를 들었다.

특히 치안 상태가 많이 좋아졌지만 가난한 사람들이 많아 소매치기 당하기 쉬우니 조심하라는 말과, 리마 시내의 볼거리 및 나즈카(Nazca), 쿠즈코(Cuzco), 뿌노(Puno), 아레키파(Arequipa) 등의 볼거리, 교통 편 등에 대해 도움말을 주신다.

사모님도 "카메라 같은 것을 다른 사람들 눈에 띄게 하지 말라."는 것과 귀고리, 목걸이, 핸드백 등을 조심해야 한다는 말씀을 해 주시면서, 귀고리를 낚아채어 도망가서 귀가 찢어져 피가 흐르는 경우를 본 적도 있고, 핸드백 밑바닥을

미라플로레스의 현대식 건물

3. 귀고리하면 귀 찢어진다!

면도칼로 째고 그 안의 것들을 도둑 맞아본 경험도 있다는 말씀을 들려주신다.

박 선교사님은 이곳에서 20여년 이상을 살았는데, 빈민가에 들어가서 선교를 하신다며, 그 사람들의 생활을 보면 그런 짓을 하는 것이 어느 정도 이해가 간다는 말씀이었다. 조심하라는 당부와 함께.

한편, 박 선교사님은 이 곳 사람들의 생활 태도를 재미있게 전해 주셨는데, 이 이야기를 통해 페루 사람들의 낙천적(?)인 성격을 잘 알 수 있어 여기에 간단히 소개하면 다음과 같다.

이곳에서 사업을 하는 교민 장OO 사장한테 들은 이야기라는데, 제목은 '가정부와 그 친척들'이라고 붙일 수 있을지 모르겠다.

이곳은 인건비가 싸기 때문에 한국 사람들처럼 부지런한 사람들은 대부분 돈을 벌어 가정부를 두고 중류 이상의 생활을 한다고 한다.

장 사장도 가정부를 한 사람 두고 집안일을 시키고 낮에 집을 보라고 했단다.

그리고 고기를 사서 냉장고에 가득 넣어 두었다는데 고기가 줄어들더라는 것이었다. 가족들이 많이 먹지도 않았는데도 말이다.

처음에는 가정부가 아마도 낮 동안 먹은 모양이라고 생각하여 별로 신경을 안 썼는데, 어느 날은 냉장고가 텅 비어 있었다는 것이다.

먹는 것 가지고 한국 사람 체면에 뭐라 하기에도 그렇고, 체구로 봐서 그렇게 많이 먹을 것 같지는 않은데ㅡ.

이상하다 생각하며 다시 고기를 사서 냉장고에 가득 넣어 두었다고 한다.

그러던 어느 날 낮에 집에 들를 일이 있어 들렸다가 놀라운 광경을

리마

리마의 바닷가

목격하였다고 한다.

집에 들어서니 모르는 사람들이 칠팔 명 왔다 갔다 하고, 들어가 보니 가정부가 자기 친척들을 불러 잔치를 벌이고 있더라는 것이었다.

잔치만 벌이고 먹을 것만 먹고 돌아가는 것이 아니라, 갈 때는 냉장고의 먹을 것들을 싸 가지고 가더라는 것이다.

그러면서도 전혀 부끄럽거나 죄의식이 없다는 것이다.

어쩌면 노나 먹는 것을 당연한 것으로 여기는 지도 모르겠다.

박 선교사님은 가족들이 잘 가는 바닷가로 갈 예정인데 데려다주겠다 하여 다시 차를 얻어 타고 바닷가로 갔다.

바닷가에도 현대식 건물들이 늘어서 있고 아파트 비슷한 것도 눈에

3. 귀고리하면 귀 찢어진다!

뜨인다.

우리가 간 곳은, 이름은 잘 모르겠는데, 바닷가에 붙어 있는 건물이고 그 건물에는 온갖 음식점들이 꽉 차 있다. 음식 백화점이라고 할까?

여기에서 박 선교사 일행과 헤어진다. 쿠즈코와 뿌노, 아레키파를 다녀 온 후, 리마를 떠나기 전에 연락하라는 말을 남긴 채……

외국에서 우리 교민을 만나는 것처럼 반갑고 고마운 일이 또 있을까? 박 선교사님께 감사한다.

우리는 이제부터 둘이 돌아다니며 음식을 먹고 바닷가를 보고 사진을 찍고 해야 한다.

바닷가 쪽으로 가니 바다 풍경이 눈에 들어온다. 페루에서 가장 아름다운 해안 풍경이라는데, 아름답기는 하지만 우리나라의 바닷가와는 비교가 안 된다.

우리나라의 자연 환경만큼 축복받은 곳이 있을까!

한국에 태어난 것을 정말로 감사할 일이다.

그리고 그 좋은 자연을 잘 보존해야 하는데 우리는 그 가치를 너무 모르고 있는 것 아닐까?

4. 깨끗하고 싼 호텔 구하는 법

2001년 8월 1일(수)

미라플로레스에서 다운타운까지 택시를 탔는데, 가격은 8솔리스(약 2 달러) 준 것으로 기억난다

선교사님이 6-7솔리스면 될 거라고 했는데, 택시 운전수가 외국인임을 알고 10솔리스를 부르는 바람에 2솔리스를 깎은 것이다.

어디를 가나 이국인에게 바가지 씌우는 것은 항용 있는 일이어서 그런지 전혀 죄의식 같은 것은 없는 것 같다.

다운타운으로 돌아와 호텔로 돌아가는 길에 인터넷 가게에 들려 우편물을 점검하고 나오는데, 주내가 싸고(barato) 깨끗한(limpio) 호텔을 소개해 달라고 했더니 우리 호텔에서 얼마 떨어지지 않은 곳에 있는 로마 호텔을 지도를 그려가며 알려 준다.

하루 숙박비가 얼마냐고 물어보았더니 15솔리스라고 한다.

15솔리스이면 4-5달러밖에 안 되기에 너무 이상해서 잘못 들었나 싶어 15달러냐고 물었더니, 15달러가 아니라 15솔리스라는 것이었다.

현재 묵고 있는 사보이 호텔이 싱글일 때 25달러이고, 둘이면 35달러인데, 4-5달러라면 사보이 호텔의 1/5 가격도 채 안 되기 때문이다.

"이거 여인숙 같은 곳 아냐? 괜히 싼 호텔을 소개해 달라고 한 거 아닌가 모르겠네."

"그래도 한 번 가 봐요."

그래서 알려준 대로 가 보았더니, 로마 호텔은 별 2개짜리여서 사보이 호텔보다는 별이 하나 더 적었지만 깨끗하고 방도 더 넓고 좋아 보였

다.

가격을 물으니 아침 식사를 포함해서 하루에 25달러라고 한다.

인터넷 가게에서 들은 바가 있어, 주내가 "더 싸게 받을 수 없느냐?" 고 하니까 20달러까지 해 주겠단다.

비록 인터넷 가게 주인이 일러준 것처럼 싸지는 않았지만 사보이 호텔보다는 훨씬 싸다.

뜨거운 물이 잘 나오고, 깨끗한 방은 오히려 이곳이 더 낫다.

오늘 당장 옮길까 생각하였으나 내일 아침 비행장에 나가려면 교통비가 들 것이고, 이미 계약한 것을 파기하기도 좀 뭣해서, 우리 계획을 말해 주고 8월 12일 올 테니까 짐을 맡겨 놓을 수 있느냐니까 그렇게 하라고 한다.

우리는 내일(8월 1일) 새벽 6시 비행기로 쿠즈코로 떠나 뿌노, 아레키파 등을 여행하고, 11일 리마로 돌아와 12, 13, 14일 4일 동안 리마에 머물면서 리마와 나즈카를 구경한 후, 15일 아침 비행기를 타고 멕시코시티로 떠날 계획이었기에 미리 호텔을 예약해 놓을 필요가 있는 것이다.

원래는 사보이 호텔을 떠나면서 사보이 호텔에 계속 예약해 놓을까 했으나 로마 호텔에 예약하기로 한 것이다.

사보이 호텔로 돌아와 우리는 여행에 불필요한 것들을 한쪽 가방에 모으고, 그 가방을 로마 호텔에 맡겨 놓았다.

주내가 보관증을 달라며 그 보관증에 숙박비 가격을 적어 달라고 한다.

내일은 이제 홀가분하게 가방 하나만 들고 쿠즈코로 떠나면 된다.

리마

여행을 하다 보면 처음 가는 곳은 호텔 등을 미리 예약해야 안심이
된다.

그러나 처음 가는 곳이니만치 현지 정보가 부족하다.

따라서 인터넷을 통해 예약을 하는 것이 편하다. 곧, 인터넷을 통해
여행지의 호텔들을 찾아 가격과 시설 등을 비교하여 예약을 하는 경우가
흔하며, 그 결과 인터넷을 사용하여 예약을 받는 호텔들이 그렇지 않은
호텔에 비하여 손님이 많다.

그만큼 마케팅에서 인터넷이 위력을 발휘하는 것이다.

그렇지만, 여비를 아껴 알뜰한 여행을 해야 하는 여행객의 경우에는
이번 경우와 같이 인터넷 예약이 보통 현지의 다른 호텔보다 비싼 경우
가 많다는 것을 명심할 필요가 있다.

이것은 페루에서 뿐만 아니라 미국이나 멕시코에서 여행할 때에도
그랬다.

따라서 인터넷으로 예약할 때 호텔은 일단 하루만 예약해 놓는 것이
현명하다. 대부분의 경우 현지에 가서 물어보면 더 싸고 좋은 호텔을 얻
을 수 있으니까.

그리고 미지의 곳에 도착하여 그곳에 사는 사람들과 이야기도 해보
고, 값도 깎아 보고, 그러면서 돌아다니는 것이 여행의 재미 아니겠는가!

4. 깨끗하고 싼 호텔 구하는 법

5. 3,360미터 고지에 있는 잉카의 수도 쿠즈코

2001년 8월 2일(목)

새벽 4시 반에 일어나 빵 한 조각으로 아침을 간단히 때운 후, 호텔에서 내준 승용차를 타고 공항에 나갔더니 5시 반이 채 안되었다.

이른 새벽임에도 불구하고 공항에는 수많은 사람들이 북적이고 있었다. 적어도 1,000명은 넘을 것이다.

이들 모두가 다 잉카의 옛 문명을 보러 쿠즈코로 가는 관광객들이라는 것을 알고는 매우 놀랐다.

매우 못 사는 나라이지만 관광만큼은 발달되어 있는 나라가 페루라는 것을 느낄 수 있기 때문이다.

쿠즈코로 떠나는 비행기는 우리

리마에서 쿠즈코 가는 비행기

가 타고 가는 비행기 이외에도 여러 대인데 전부 6시 출발이다.

비행기 수속을 마친 후 비행기를 기다리고 있다가 한국인 관광객 부부를 만났다.

우리와는 다른 비행기라서 많은 이야기는 못했고, 커피 한 잔을 뽑으려 하다가 잔돈이 없어 망설이는 것을 보고 주머니의 잔돈으로 커피 한 잔을 대접하고 곧 헤어졌다.

비행기는 약간 늦게 출발했으나, 약 한 시간 정도 날다가 쿠즈코에 우리를 내려놓았다.

해발 3,360미터에 위치한 쿠즈코(Cuzco)는 잉카(Inca) 제국의 수도이다.

해발 3,360미터라면 백두산보다도 더 높은 것이다.

쿠즈코 시내

5. 3,360미터 고지에 있는 잉카의 수도 쿠즈코

쿠즈코는 인디언 말인 케챠어로 '배꼽'을 의미한다. 잉카인들은 쿠즈코를 세계(우주)의 중심이라고 생각하고 있다.

페루의 서쪽 바닷가 쪽은 매우 건조한 사막지대여서 사람이 살아나가는 데 필요한 물이 귀하다.

사람뿐만 아니라 생물들이 살아나가는 데 제일 필요한 것이 물인데, 물을 얻을 수 있는 곳, 그러니까 강가에는 풀이나 나무들도 보이고 사람도 살 수 있으나 그렇지 않은 곳은 사람뿐만 아니라 그 어떤 생물도 살기 어려운 것이다.

쿠즈코는 해발 3,000미터가 넘는 고지대이지만, 그보다 더 높은 산에 있는 만년설의 빙하가 흘러 내려 물을 공급해 줄 수 있는 까닭에 도시로 발전할 수 있었던 것이다.

또한 열대 지역에 속하지만 높은 지역이기 때문에 일 년 열두 달의 기온 차이가 그렇게 심하지 않고 사람 살기 알맞은 기온을 유지한다.

이와 같이 페루는 해발 3,000미터가 넘는 고지대에 도시들이 발전되어 있다.

공항을 나오니 관광객을 유치하기 위해 나와 있는 여행사들이 차린 조그마한 사무실들이 여러 개 있다.

느린 걸음의 주내를 기다리느라 머뭇거리자 마리아라는 이름의 여자 여행 안내원이 잽싸게 다가와 설명을 해 준다.

호텔을 알선해 주는데 돈은 안 받는다고 하면서 관광 스케줄을 설명해 준다.

결국 그 꼬임에 넘어가 원래 예약했던 호텔을 취소하고 OOO호텔로 갔는데 35달러짜리 방을 25달러까지 깎아 준다.

쿠즈코

들어가 보니 그런대로 쓸 만했다.

원래 인터넷으로 예약한 호텔도 같은 급이고 하루 35달러였다.

호텔 주인에게 오늘 하루를 자고, 내일은 짐을 맡긴 후 마추피추 (Machu Picchu)에 가서 자고, 모레 와서 다시 1박 할 수 있느냐고 물었더니 흔쾌히 응낙한다.

5. 3,360미터 고지에 있는 잉카의 수도 쿠즈코

6. 언어생활의 주체성을 찾자.

2001년 8월 2일(목)

10달러를 깎아 주는 바람에 고마운 마음이 들어 짐을 내려놓은 후 마리아가 안내하는 관광을 하기로 했다. 마추피추 1박을 포함하여 쿠즈코에서의 3박 4일 여정을 마리아에게 맡긴 것이다.

첫날은 그러니까 오늘은 쿠즈코에 있는 성당과 신전 및 성채 등을 보기로 했다.

쿠즈코에는 잉카(Inca) 제국의 궁전과 신전들이 남아 있는데, 그 가운데 가장 유명한 것이 태양의 신전으로 불리는 코리칸차(Koricancha / Qoricancha)이다.

알파벳으로 인디언 발음을 표기하는 것이어서 어떤 책(광고물)이나 도로 표지판에는 Koricancha라고 적혀 있고, 또 다른 책이나 표지판에는 Qoricancha라고 적혀 있다.

실제 발음을 알파벳으로 표기하는 데서 생기는 혼동이다.

우리가 부산을 Pusan이라고도 적고 Busan이라고도 적는 것과 마찬가지이다.

이런 점에서도 이들은 우릴 닮았다.

그렇지만 페루인들은 외래어 표기상의 혼란에 관해 크게 신경 쓰지 않는 것 같다. 우리나라에서는 외래어 표기에 말이 많았었는데 말이다.

우리가 외국인을 위해 외래어 표기법을 통일하는 것은 좋으나, 그렇다고 너무 외국인에게 쩔쩔매는 것 같은 인상을 줄 필요는 없다고 본다.

우리말의 첫소리에서 무성음, 유성음을 구분하지 않는 까닭에 표기법에 혼동이 생길 수 있으나, 그걸 감수하는 것은 방문한 사람들 몫이고 우리가 아니니까, 굳이 우리의 언어생활을 저들에게 맞추기 위해 우리끼리 목소리를 높일 필요는 없을 것이다.

중요한 것은 볼거리, 먹을거리, 즐길거리이다. 볼거리, 먹을거리, 즐길거리만 있으면 관광객들은 그 나라의 표기법에 금방 익숙해진다.

혼란된 표기법이 불편하겠지만, 이곳에서는 관광객들이 그것을 다 감수한다. 관광에서의 불편은 모조리 관광객의 몫이다.

그리고 그걸 감수해야만 관광의 진가가 나타나는 것이다. 관광 갔다 돌아오면 불편했던 것도 화제 거리이고 재미인 것이다.

우리의 경우, 페루의 표기법이 통일되지 않아 처음에는 약간 혼란스

코리칸차 신전 위에 세운 성당

6. 언어생활의 주체성을 찾자.

러웠으나, 우리가 관광하고 놀고 오는 데 전혀 문제가 없었다.

우리나라의 경우, 외국인을 위해 외래어 표기법을 통일하여야 한다고 강력히 주장하는 분들, 그리고 표기법에 맞게 쓰지 않았다고 시비하는 분들이 많다.

그러나 내가 볼 때에는 다 쓰잘데 없는 짓이다. 국력 낭비이다. Busan이면 어떻고 Pusan이면 어떤가? 렌트카면 어떻고 렌터카면 어떤가? 오렌지면 어떻고 어~렌지면 어떤가?

이런 걸로 시비할 바에야, 관광 내용인 볼거리, 즐길거리를 찾아내고 조직화하여 관광 상품을 개발하는 것이 훨~ 낫다. 예컨대, 표기법이 불편해도 페루는 잉카의 신전들과 마추피추, 티티카카, 나즈코 등 볼거리가 있으니, 이렇게 많은 관광객들이 세계에서 몰려드는 것이다.

표기법을 통일하면, 외국인들이야 좋겠지만, 내국인들이 불편하다. 표기법을 통일하지 않으면, 외국인들이 조금 불편하겠지만, 내국인들은 편하다.

그러니 "지들이야 불편하든 말든 그냥 우리 언어생활의 주체성을 찾자!"는 것이 내 주장이다.

이글을 읽으시는 분들은 관광 상품 개발은 문화관광부에, 외래어 표기법에 관해서는 국립국어원에 강력히 내 의견을 전달해주셨으면 좋겠다.

어찌되었든 이제 본가지로 돌아가야겠다. 너무 곁가지에서만 방황한 듯하여 읽는 분들에게 미안하니까~.

그렇지만 그것이 내 전공이니 이해하시라. 어딜 가나 '정책'의 눈으로 세상을 보는 못된 습관은 이제 은퇴할 나이가 되었는데도 버리지 못하는

쿠즈코

잉카의 서울 쿠즈코 시내

것이다.

그런데, 본론으로 돌아가려니 어디까지 이야기 했나 잘 모르겠다.

할 수 없이 앞으로 돌아가 살펴보는 수고를 해야 하지만, 나는 기꺼이 이런 수고를 마다하지 않는다.

이것도 제발 읽는 분들이 알아주시라!

되돌아가보니 쿠즈코 3박4일 여정에서 코리칸차를 소개하다 곁길로 빠진 것이니 계속 이야기하겠다.

또한 쿠즈코에 있는 성당들(Catedral) 가운데 17세기에 지은 라 메르세드(La Merced) 성당과 산 프란시스코 벨렌 드 로스 레이에스(San Francisco Belen de los Reyes) 수도원은 식민지 문화와 인디언 건축

6. 언어생활의 주체성을 찾자.

물이 혼합된 것으로서 유명하며, 쿠즈코를 굽어보는 삭사이후아만 (Sacsayhuaman) 잣[城砦 성채]이 볼 만하다.

이 이외에도 켄코(Quenco)의 원형 극장, 부카 부카라(Puca Pucara) 의 잣[城砦 성채], 탐보마차이(Tambomachay)의 물길[水道 수도]등을 이 들과 묶어 하루 관광 코스로 방문하기로 했다.

쿠즈코에서 두 번째 날인 내일은 마추피추(Machupichu)를 방문하 여 그곳에서 자고, 그 다음 날 오후에 쿠즈코로 돌아오는 여정을, 넷째 날은 우르밤바(Urbamba) 계곡과 피삭(Pisac)의 시장을 보고 교외의 한 음식점에서 점심을 먹은 후, 올란타이탐보(Ollantaytambo)와 친체로 (Chinchero)의 유적들을 보는 것으로 여행 계획을 짰다.

참고로 마리아가 제시했던 일인당 3박 4일의 비용을 보면 다음과 같 다.

> 8월 2일(목) 13:30-18:30 시내 관광 17달러
> 8월 3일(금) 8:00 마추피추(왕복 기차 + 입장료) 80달러
> 　아구아 칼린테스 호텔 30달러
> 8월 4일(토) 20:45 마추피추에서 돌아옴
> 8월 5일(일) 8:30-19:00 신성 계곡(점심 포함) 25달러

합이 152달러니까, 둘이면 304달러인데 300달러에 해주겠다고 제의 해 왔는데, "숙박비는 이중으로 계산되어 있으니, 그것을 빼야 되지 않는 가?"했더니 다시 계산을 하여 274달러라고 한다.

적절한 가격이라 생각하여 아마 270달러를 준 것 같다.

쿠즈코

7. 성당은 무너져도 잉카의 신전은 끄떡없다.

2001년 8월 2일(목)

호텔 앞에 온 버스를 타고 관광을 나섰는데-.

제일 먼저 간 곳이 쿠즈코의 성당이다.

이 성당은 스페인이 정복한 후 잉카의 신전을 부수고 그 위에 지은 것이라고 하는데, 로마 양식, 베니스 양식, 바로크 양식, 그레스코 양식, 로코코 양식이 혼합된 건축물이지만, 인디언의 독특한 기술이 가미된 것이라 한다.

건축 양식이나 기술뿐만 아니라, 그 안에 안치된 성모 마리아 상만

쿠즈코 성당

7. 성당은 무너져도 잉카의 신전은 끄떡없다.

보더라도, 서양에서와는 달리 잉카의 사상이 그곳에 응축되어 있다.

곧, 잉카인들은 태양의 신을 섬겼는데 마리아 상의 머리 뒤에 빛나는 휘광은 바로 안데스 산 위로 떠오르는 태양을 상징하는 것이며, 푸른 색 옷의 형태는 피라미드 형을 띠고 있는데 이는 안데스의 산을 의미하는 것이라고 한다.

비록 정복하였지만 이들을 통치하기 위해서 이러한 변형이 이루어진 것이라 볼 수 있다. 곧, 외래 종교가 토착 종교와 융화되어 표현되어 있는 것이다.

이런 점에서 볼 때, 쿠즈코인들이 잉카의 신 가운 데 하나인 "땅의 어머니(mother of earth)"로 부르는 파차마마와 성모 마리아를 동일시 한다는 것은 이해할 수 있는 일이다.

이 성당에는 유명한 많은 그림들이 있는데, 반 다이크의 예수상 이외에는 모두 쿠즈코인이 그린 그림이라 하며, 이 가운데 말코사파타라는 화가가 그린 '최후의 만찬' 그림이 유명하다.

또한 대부분의 그림에서 붉은 색과 검정 색을 주로 사용하였음을 볼 수 있는데, 이는 잉카인들이 좋아하여 많이 쓰는 색깔이다.

또한 성당 한 쪽 벽 위에는 스페인의 첫 신부가 가져온 십자가가 매달려 있다.

참고로 페루 사람들 중 85%가 가톨릭 신자라 한다.

잉카인들은 설산의 눈 녹은 물이 흘러 호수를 이루고 그것을 사용하여 농사를 지을 수 있는 쿠즈코 계곡을 모든 에너지의 중심지로 생각하여, 이곳에 왕궁을 짓고 잉카 제국을 건설한 것이다.

잉카 제국에서 세운 첫 번째 신전인 코리칸차(Qoricancha)는 다 무

쿠즈코

너지고 남은 것이 별로 많지는 않으나, 이들을 볼 때 돌을 다듬은 솜씨가 매우 뛰어나다는 것을 알 수 있다.

특히 지진이 많은 이곳에서 지진을 견딜 수 있도록 모든 방법을 강구하여 내진 설계를 해 놓은 것을 보면 그 당시 잉카 인들의 수준 높은 과학 기술을 엿볼 수 있다.

'잉카'란 아메리카 인디언인 케챠족의 언어로 '태양의 아들'이란 뜻으로서 왕을 의미한다. 이들은 태양 신 '인티'를 모시며 스스로를 태양의 후손으로 생각한다.

잉카에서는 가톨릭의 교황과 같은 워야구마라는 제사장으로부터 모든 권력이 나오는데 이 제사장이 곧 잉카의 왕을 겸했다고 한다. 곧, 종교와 정치 행정이 분리되지 않고 워야구마에게 집중되어 있는 것이다.

잉카의 첫 번째 왕은 망코카파크인데 신라의 화백제도처럼 장로들에 의하여 선출되었다고 한다.

망코카파크는 13세기 무렵 자신의 부족을 이끌고 티티카카 호수 부근에서 쿠즈코로 옮겨와 정착했다고 한다.

쿠즈코에 수도를 정한 잉카인은 계속 주변을 정복해 나갔고 15세기 초 파차쿠티 왕이 남미 전체를 아우르는 대제국을 완성했다.

이들 잉카인들은 태양의 신을 믿었기 때문에 태양의 밝은 빛을 본떠서 금으로 된 건물을 짓고, 왕을 태양의 신처럼 여기어 금을 얇게 두드려 펴서 만든 갖가지 장신구며 금으로 장식된 옷 따위를 입혔다는 것이다.

그러면 실제로 햇빛이 비칠 때 햇빛은 그 금에 반사되고, 백성들은 눈이 부셔 왕을 쳐다보지 못했다 한다.

7. 성당은 무너져도 잉카의 신전은 끄떡없다.

그러니 잉카 인들에게는 왕이 곧 태양일 수밖에 없는 것이다.

코리칸차에는 여러 개의 방이 있다. 태양의 신전을 비롯하여 달의 신전, 별의 신전(특히 샛별을 신성시했다고 한다), 무지개 신전, 천둥과 번개의 신전, 희생의 신전 등. 이들 방은 모두 황금으로 장식되어 있었다

코리칸차의 신전 벽

하나 스페인의 정복자들이 이들을 모두 녹여 본국으로 보냈다고 한다.

어느 나라에서건 다른 나라를 침략하여 정복하면 제일 먼저 없애는 것이 토착민의 종교이다.

마찬가지로 잉카의 정복자인 스페인인은 잉카의 신전을 부수고 그 자리에 성당을 건설하였는데, 여기에 건설된 성당은 1950년과 1986년의 지진에 무너져서 재건축하였다고 한다.

반면에 남아 있던 잉카의 신전 벽은 지진에 무너지지 않고 그대로

남아 있다는 점을 볼 때, 내진 설계가 얼마나 잘 되어 있는지를 알 수 있다.

예컨대, 벽은 사다리꼴의 옆 변처럼 기울여 쌓고 그 위에 큰 돌을 놓아 아무리 지진이 일어나도 안팎으로 무너지지 않도록 만들었다.

벽은 돌과 돌을 갈아서 끼어 맞추어 놓았는데, 종이 한 장도 들어갈 수 없도록 그 틈이 없을 뿐만 아니라, 크기가 각각 다른 돌을 파내어 끼어 맞춤으로써 지진에 옆으로도 무너지지 않도록 지은 것이라 한다.

이 가운데 제일 유명한 것이 12개의 각을 가진 돌이다.

여러분들이 코리칸차를 방문하면 한 번 찾아보시라!

돌의 크기가 달라 언뜻 볼 때는 우습게 보일지 모르지만 의도적으로

12면으로 다듬은 12각 돌

7. 성당은 무너져도 잉카의 신전은 끄떡없다.

지진에 견디도록 만든 것이라 하니, 참으로 그 당시에 과학이 발전되어 있었던 것이다.

이렇게 과학 기술이 발전했으나 그들 사이에서는 큰 전쟁이 없었던 모양이다.

이들도 우리 민족처럼 평화를 사랑하는 민족이었다고 한다.

그러니, 생활에 필요한 과학 기술은 발전하였으나 전쟁 무기는 발전하지 못하였고, 결국 황금에 눈이 먼 스페인 인의 침공을 받아 하루아침에 멸망의 길을 걸었다니—.

황금의 땅을 찾아 스페인인인 피자로가 1531년 180명의 병사와 말 37필을 이끌고 잉카제국을 정복하여 잉카의 왕인 아타우알파를 사로잡아 협상을 통해 방 하나에 가득 채운 황금을 받고 1533년 왕을 처형하였다고 한다.

여하튼 백인들의 교활함은 알아주어야 한다.

황금을 받았으면서 잉카 왕을 왜 죽이나?

스페인인들로서는 피사로가 영웅일지 모르나, 내 보기에는 고약한 놈일 뿐이다.

그러니 평화만 사랑할 게 아니라, 자신을 지킬 수 있는 국력을 키워야 하는 것이다.

쿠즈코

8. 생존이 제일의 덕인 것을!

2001년 8월 2일(목)

잉카의 신화에 따르면, 비라코차는 창조의 신이다.

먼 바다로부터 세 명의 인간을 데리고 나타나 해(인티)와 별을 창조함으로써 그때까지 어둠 속에 묻혀 있던 세상을 밝혔다고 한다.

그는 얼굴이 하얗고, 턱수염이 있고, 키가 컸는데, 나중에 바다로 떠나면서 먼 훗날 다시 돌아올 것을 약속하였다고 한다.

이러한 비라코차의 전설을 믿고 있던 잉카인들은 스페인인을 비라코차로 알고 환대하여 음식도 주고 황금도 주었다 한다.

그러나 황금에 눈이 먼 이들은 그것에 만족하지 못하고, 그날 밤 인디언 남자들을 다 죽였다고 한다.

완전히 은혜를 원수로 갚는 격이다.

참으로 고약한 놈들이로고!

이러한 전설은 등장하는 신의 이름만 다를 뿐, 하와이에서도 발견되고 멕시코에서도 발견된다. 곧, 멕시코나, 페루나, 하와이

비라코차

나 정복자와 피정
복자 사이의 전설
이 동일한 이야기
구조를 가지고 있
는 것이다.

　참으로 신기한
일이다.

　아아, 어찌 악
이 선을 이기는가?

　아무리 착하다
하여도 생존 앞에
서는 그 의미를 잃
는다.

　착하거나 평화
를 사랑하는 것도

쿠즈코 성당

그것에 앞서 생존이 전제되어야 의미가 있는 것이다.

　그 어떠한 생존도 결국은 죽음으로 돌아가는 것이니 결국 허망한 것
이라 하겠으나, 살아있는 동안만큼은 생존이 가장 큰 덕인 것이다.

　그러나 스페인인의 입장이나 가톨릭의 입장에서 보면 자신의 생존을
위하여 어쩔 수 없었다고 항변할 지도 모른다.

　이들은 산업 혁명 때문에 필요한 원료의 공급과 시장의 확보를 위해
식민지 개척에 나서지 않을 수 없었고, 루터와 캘빈 등의 종교 개혁에
의해 유럽에서는 발을 붙일 수 없었던 가톨릭 역시 해외로 눈을 돌리지

않을 수 없었기 때문에, 가톨릭과 정복자들이 결탁하여 자신의 생존을 위하여 어쩔 수 없이 무자비한 정복을 행할 수밖에 없었을 것이리라.

중세 시대부터 끊임없이 계속되었던 유럽에서의 지루한 전쟁은 화약, 대포 등 무기의 발달 및 전략 전술의 발전을 가져왔고, 따라서 평화롭게 살던 인디언들이 전쟁에 익숙해져 있던 이들 백인들을 당해낼 수 없었던 것은 어찌 보면 당연한 일이다.

그러니 선과 악으로만 이들을 재단하기란 어려운 것이다. 생존 앞에 서는 그 어떠한 덕도 아무런 의미가 없기 때문이다.

더욱이 그 선과 악의 기준이 인간의 머리에서 나온 것이라면 더 더욱이 그러하다.

하늘의 깊은 뜻을 인간이 어찌 알랴?

어찌되었든 "생존 앞에서는 그 어떠한 덕도 아무런 의미가 없다."는 것만큼은 분명한 것이리라.

결국 어떻게든 이긴 자만이 살아남는 것이지, 죽은 자에게 착한 것이 무슨 소용이 있겠는가?

그러니 싸움에서 져서는 안 되는 것이다.

8. 생존이 제일의 덕인 것을!

9. 섹시 우먼?

2001년 8월 2일(목)

코리칸차가 잉카의 임금과 귀족들의 신전이라고 한다면, 삭사이후아만(Sacsayhuaman)은 모든 백성들을 위한 신전이다.

삭사이후아만은 "독수리가 날개를 펄럭이다."라는 뜻이라는데, 수십, 수백 톤에 달하는 큰 돌을 3단으로 쌓아 만든 거대한 요새로서 잉카제국의 힘과 석조 기술의 정교함을 엿볼 수 있다.

삭사이후아만은 우스갯소리로 '섹시 우먼'이라고 발음하기도 한다.

그러나 결코 색(色)을 풍기는 여자는 아니다.

간혹 이런 기대를 하시는 분들이 더러 있다.

삭사이후아만

쿠즈코

그렇지만 이런 기대를 하셨다면 잘못 온 것이다. 쿠즈코로 올 게 아니라, 강남의 물 좋은 클럽으로 가셔야 한다.

비록 발음의 편의상 '섹시 우먼'이라고 말하더라도, 이곳은 '거룩한 태양의 신을 모신 신전'이자, 스페인의 침공에 저항한 역사적 유적인 것이다.

삭사이후아만은 들어가는 입구가 세 군데 있고, 벽이 높아 외침에 방어할 수 있도록 만든 잣[城砦] 성채]이요, 요새(要塞)인 것이다.

쿠즈코는 퓨마의 형상을 따 만든 도시라 하는데, 이곳 삭사이후아만의 성벽은 퓨마의 다리에 해당한다고 한다.

삭사이후아만 역시 내진 설계가 돋보인다.

우선 이 잣의 담 벽이 엄청 길은데, 벽 자체를 짧게 짧게 서로 엇갈

삭사이후아만

9. 섹시 우먼?

려 지그재그로 쌓
아 놓음으로써 지
진에 대비하였고,
큰 돌 작은 돌을
파내어 짜 맞춘 것
은 코리칸차와 같
다.

이 잣을 쌓는데
사용된 돌들은 이
곳에서 5 킬로미터
떨어진 산에서 가
져 왔다고 하는데
보통 하나의 무게
가 120톤 정도 나
간다고 한다.

잣은 돌 하나하
나를 다듬고 깎아

삭사이후아만의 문

서 지렛대를 이용하여 쌓았는데, 하수구 구멍도 만들어 놓았고, 지진을
견딜 수 있도록 벽 자체가 지그재그인 것은 물론 그 벽 역시 비스듬하게
세워 놓음으로써 옆에서 보면 사다리꼴의 형태를 띤다. 곧 위로 갈수록
폭이 좁아진다. 또한 밑바닥에는 자갈을 깔아 놓았다고 한다.

삭사이후아만은 지진에 대비하여 이와 같이 잘 지은 건축물이지만
결국 정복자인 스페인 인들의 손에 의해 파괴된 것이다.

쿠즈코

38

그러니, 자연의 재해보다 더 무서운 것이 사람인 것이다.

자연에의 무자비한 힘에도 견고하게 견딜 수 있도록 만든 그렇게 발전한 과학 문명도 결국 사람의 손에 의해 형편없이 파괴되어 버렸으니-.

부시는 것은 자연이 아니라 사람이라! 참으로 아이러니한 것이다.

어린 아이들이 블록으로 집을 지었다가 부시고 다시 짓고 하는 놀이처럼, 문명이란 것도 사람이 지었다가 사람이 부시는 것이다. 그리고 다

삭사이후아만

시 짓는다. 마치 어린 아이처럼!

이 잣에서는 매년 6월 24일 태양의 축제(Sun Festival)가 있다고 하는데 입장료는 40달러 정도 한다고 한다.

때를 잘 맞추어 간다면 장관을 볼 수 있으리라.

삭사이후아만의 성벽에 관한 설명을 듣고 있는데, 관광객 중 어떤 아이 하나가 숨을 가

9. 섹시 우먼?

삭사이후아만

빠하며 어쩔 줄 모른다.

걱정이 되어서 그 아이의 어머니에게 물어 보니 고산 증세라 한다.

해발 3,000미터가 넘는 고지대이니 고산증을 앓는 사람들이 가끔 눈에 뜨인다.

고산증에는 별 다른 약이 없고 산을 내려가는 수밖에 없다는데-.

결국 이들 모자는 다음 목적지인 켄코(Quenco)로 가지 못하고 처질 수밖에 없었다.

다행히 우리 부부에게는 고산증이 없었다. 아마도 멕시코에서 어느 정도 적응을 하였기 때문일 것이다.

감사한 일이다.

쿠즈코

10. 잉카가 주는 교훈

2001년 8월 2일(목)

삭사이후아만의 성벽을 돌아 나와 버스를 타려 하는데, 이 도시의 주인이었던 인디오들이 그들 고유의 의복을 입고, 알파카를 몰고 서서 사진의 모델이 되어 준다.

물론 모델료로 돈을 받는다.

화려했던 잉카 제국의 주인들이 어찌 이렇게 되었는가?

오늘날 이들이 관광객들이 던져 주는 돈이나 받는 처지로 전락한 것은 오로지 저들이 착하기만 했기 때문이 아닌가?

잉카의 후예

착한 것이 결코 죄는 아니지만, 힘을 기르지 않은 것은 분명 잘못인 것을 역사가 말없이 보여 주고 있는 것이다.

아, 아, 힘없는 자의 슬픔이여!

버스에 올라 다음 목적지인 켄코(Quenco)의 원형극장(amphitheater)로 향했다.

삭사이후아만에서 5km 떨어진 곳에 자리하고 있는

켄코: 지그재그 통로

이 신전은 석회암으로 된 바위들에 지그재그로 만들어진 통로를 내어 공양물을 희생하는 방으로 연결되어 있다.

안내인의 말에 따르면, 퓨마 신을 모시는 곳이고, 신비한 에너지가 있는 곳이며, 도서관 역할도 하였다고 한다.

이곳에서는 신성한 의식을 거행하기 때문에 외부로 노출되지 않도록 지그재그로 된 미로를 만들었다고 한다. 켄코(Qenko)라는 말이 '미로'의

쿠즈코

뜻이라 한다.

지그재그로 된 통로를 따라가면 치차(Chicha: 잉카인들이 마시는 일종의 차로서 고산병 예방에 좋다고 한다)와 희생물의 피 등 액체로 된 공양물을 바치는 제단이 있다.

안내인에 따르면 이곳에서 때때로 13살 난 여자 아이를 파차마마(대지의 신)에게 바쳤다고 한다.

그렇지만 잉카인들의 고운 심성에 비춰볼 때, 이러한 인신공양설은 백인 정복자들이 지어낸 말일 가능성이 많다.

켄코에서 잠깐 머문 다음 '붉은 잣'이라는 뜻의 푸카 푸카라(Puca Pucara)로 향했다.

푸카 푸카라는 쿠즈코 북쪽 수km 되는 곳에 위치해 있으며 해발 3,750m 고지에 있다.

이곳은 잉카인들이 외부의 침입을 막기 위해 쌓아 놓은 잣[要塞 요새]이 있고, 잣 안에는 역시 잉카의 신전이 있다.

신전을 쌓은 기법은 다른 잉카의 신전을 쌓는 건축 기법과 동일하다.

스페인의 침략을 막기 위해 쿠즈코 주위에는 많은 잣을 쌓았는데 스페인 군이 이쪽으로 진군해왔다고 한다.

켄코를 지나 '물의 신전'이라 부르는 탐보마차이(Tambomachay)를 볼 때에는 이미 해가 뉘엿뉘엿 지고 있었다.

버스에서 나오니 바람은 몹시 찬데, 잉카인들은 아직도 저들이 알파카로 짠 옷이나 담요 같은 것을 팔기 위해 맨발로 서성이며 관광객을 조른다.

푸카 푸카라는 바로 이 탐보마차이, 곧 "물의 신전'을 지키기 위하여

10. 잉카가 주는 교훈

지은 것이라 한다.

이곳은 성스러운 샘이 흐르는 곳으로서 체격이 그리 크지 않았던 잉카인들이 제사를 지내기 전 몸을 정결하게 할 수 있도록 위에서 흐르는 샘이 세 단계를 거쳐 밑으로 흐르게 만들어 놓았다.

잉카인들은 물이 솟는 이곳이 곧 에너지가 솟는 곳이며 생명의 원천이 시작되는 곳이라고 생각한다.

물이 부족한 페루의 사막지대에 살던 잉카인이 볼 때에는 물은 곧 에너지이며 생명의 원천 아니겠는가?

안내인은 이 물은 안심하고 마실 수 있는 물이고 정력에 좋으니 마셔보라고 한다.

탐보마차이: 물의 신전

탐보마차이: 물의 신전

너도나도 마시려고 아우성(?)이다. 정력이 좋다는 데야, 백인이건, 페루인이건, 동양인이건 만사 제쳐 놓고 달려드는 것이다.

이는 다른 한편으로는 저들의 정력이 안 좋다는 것을 반증한다.

오, 불쌍한 사람들이여!

누구를 위하여 그렇게도 정력을 갈구하는가?

솟아오르는 샘을 이용하여 돌을 정교히 쌓아 수로를 만들고 신전을 지은 잉카인들의 건축술은 참으로 놀랄 만하다. 아름답게 잘 만들었기도 하려니와 과학적이기도 하다.

이러한 지식과 기술을 가진 사람들이 오직 전쟁만을 아는 스페인인의 총칼 앞에서 무기력하게 무너지다니―.

그리고 그 후손들은 알파카 털로 짠 옷가지를 팔아 생을 연명하고, 알파카를 배경으로 사진이나 찍어주고 돈을 구걸하는 신세로 전락하다니―.

그렇지만 이러한 나의 생각은 틀린 것일지도 모른다.

10. 잉카가 주는 교훈

어찌 짧은 인간의 지혜로 하늘의 일을 재단한단 말인가!

아마도 저간의 사정--저들이 멸망한 속사정--은 하느님만이 아실 것이다. 아마도 내가 모르는 그 무엇이 숨겨져 있을 터-.

함부로 감상에 빠질 것이 아니라 그저 그러한 느낌을 통해 배우는 역사의 교훈을 저버려서는 안 될 것이리라.

그곳을 떠나 호텔로 돌아오는 길에 잉카 원주민들의 마을에 들렀다.

주로 관광객들을 상대로 물건을 파는 곳인데 관광지에서 팔던 알파카 등의 털로 짠 옷가지들이 주를 이루었다.

그러나 가격은 훨씬 비싸다.

안내인의 말에 따르면 이곳에서 파는 물건들은 품질을 믿을 수 있기 때문이라는데 나그네의 눈에는 비슷해 보인다.

이들의 가난한 생을 보니, 그리고 값이 비싸다고 해도 우리나라 미국의 물가에 비하면 그래도 싼 편이고 물건들의 품질 역시 좋아 보이는 만큼, 사 주고는 싶은데 가지고 돌아다닐 엄두가 나지 않아 미안한 마음으로 그곳을 나온다.

쿠즈코

11. 마추피추 가는 기차: 어, 앞으로 가더니 왜 또 뒤로 가지?

2001년 8월 3일(금)

오늘은 아침 일찍 기차를 타고 마추피추로 가는 날이다.

7시 30분 기차라서 일찍 일어나 식사를 하고 마리아가 보내줄 운전사를 기다리고 있는데 7시가 다 되어도 연락이 없다.

호텔 주인에게 마리아에게 연락해 달라고 부탁하여 전화를 하였더니, 곧 운전사가 차를 끌고 갈 거라고 한다.

문 밖을 내다보니, 차가 한 대 오는데 우리에게 손짓을 한다.

마리아가 보낸 차라고 생각하여 올라타고, "마리아, 마리아"하면서 이야기를 하니까 "오케이, 오케이"한다.

그러면서 어디로 가느냐고 묻는 것 같았다.

기차역으로 가자면서 가만히 생각하니 이상했다. 마리아가 보낸 차라면 역으로 당연히 안내해 줄 텐데─.

다시 한 번 "마리아를 아는가? 마리아가 보냈는가?" 물어보니 스페인어로 뭐라 뭐라 하는데 알아들을 수가 없다.

무엇인가 잘못된 것 같아 조금 가다가 다시 호텔로 돌아가자고 했다.

호텔 앞에서 보니 마리아가 와 기다리고 있었다.

전화 받으면서 우리에게 보낸 운전사를 점검해보니 우리에게 안 간 것을 알고 바로 달려 온 것이다.

그러니 우리가 탄 차는 전혀 엉뚱한 차였던 것이다.

마추피추 가는 길에 멀리 보이는 설산

그 운전사에게는 조금 미안했지만, 그렇게 몇 번씩 다짐하여 물어 보 았는데에도 무조건 "오케이, 오케이"한 것은 그 운전사 잘못이니까ㅡ.

영어와 스페인어 사이에 의사 전달이 안 되어서 생긴 해프닝이다.

멀뚱하게 쳐다보는 운전사를 뒤로 하고, 마리아가 몰고 온 차에 올라 타고 역으로 향했다.

시간은 벌써 7시 30분이 다 되어 가는데ㅡ.

기차를 놓칠 수밖에 없을 것 같다.

걱정하는 우리에게 마리아가 "기차를 놓치면 다음 역으로 가서 타도 되니까 걱정하지 말라고 한다."

그러나 속으로는 "기차가 더 빠를 텐데, 그 다음 역으로 가서 차를

기차 창 밖 풍경

탈 수 있을까?" 의아심이 들었으나 마리아가 알아서 하겠지 하고는 마음
을 풀었다.

7시 30분이 다 되어서 기차역에 도착하니 차가 출발 직전이었다.

주내와 나는 한 손에 차표를 들고 다른 손에 가방을 들고 뛰었다.

차장이 차표를 보더니 객실로 안내해 준다.

기차에 올라타니 곧 기차가 떠난다.

좌석을 찾아 앉아 훑어보니 전부 관광객들이다.

차는 출발하였는데, 한참 앞으로 달리더니 속도가 날 만큼 되어서는
속도를 내지 않고 뒤로 후진하는 것이 아닌가!

아마도 무엇인가 잘못된 모양이라는 생각이 들었다.

11. 마추피추 가는 기차: 어, 앞으로 가더니 왜 또 뒤로 가지?

그러더니 이번에는 다시 앞으로 가는 것이었다.

이번에는 제대로 가는구나 하였더니, 또 몇 분 안 가서 다시 뒤로 물러서는 것이었다.

앞으로 갔다, 뒤로 갔다 몇 번을 그렇게 반복하는 것이어서, 처음에는 그 영문을 몰랐다.

차창 밖으로는 계속 쿠즈코 시내의 누런 집들이 보이고!

나중에 알고 보니 가파른 산을 올라갈 수가 없어 철길을 산비탈에 지그재그로 만들어 놓고, 후진할 때와 전진할 때마다 철로를 바꾸는 것이었다.

그것도 모르고~~.

기차 창 밖 풍경

마추피추

이렇게 왔다 갔다 하는 시간이 있으니, 마리아의 말처럼, 설령 이 기차를 놓쳤다 하더라도 다음 역까지 자동차로 가서 충분히 잡아 탈 수 있었으리라.

역시 인간의 생활의 지혜는 대단한 것이다.

이것이 아이디어의 힘 아닌가!

몇 번인가를 반복하여 전진과 후퇴를 하더니 이제부터는 계속 앞으로만 나아가며 속도를 낸다.

경치는 어느 덧 바뀌어 차창 밖으로는 평화로운 마을의 정경이 펼쳐진다. 고요가 그대로 머무는 평화로운 그런 풍경이다.

어느 덧 차는 좌우에 높은 산을, 눈을 이고 있는 산을 지나 계속 달

기차 창 밖 풍경

11. 마추피추 가는 기차: 어, 앞으로 가더니 왜 또 뒤로 가지?

린다.

옆으로는 계곡이 하얀 거품을 일구면서 내려가고.

아마도 저 산의 눈 녹은 물이리라. 건조한 이곳 지형에서 높은 산의 빙하를 수원지로 삼아 흘러내리는 물이 생명수인 셈이다.

그래서 그런지 지대가 높은 데에도 불구하고 풀과 나무들도 비교적 많이 우거져 있다.

계속 창밖을 보니 방목한 돼지들이 돌아다닌다.

인터넷에, 휴대전화에 길들여져 얽매여 사는 현대인들보다 저 돼지들이 훨씬 자유를 누리고 있는 것이다.

그리고 집들은 전부 흙벽돌로 지은 집들이다. 집을 짓기 위해 흙벽돌을 만드는 것을 자세히 보니 볏짚 같은 갈대 썬 것을 섞는다. 우리가 황토 흙에 볏짚을 썰어 넣는 것과 같다.

역시 사람의 지혜란 비슷한 것이다.

겉으로 보기에는 누추하게 보이고 보잘 것 없어 보이지만, 저렇게 지은 집이야말로 얼마나 아늑한 삶을 보장해 주는가!

시멘트로 쳐 바른 집보다 습도 조절이나 온도 조절이 잘되는 것은 우리나 저들이나 잘 알고 있을 것이니-

마추피추

12. 비밀에 싸인 산 위의 도시

2001년 8월 3일(금)

아침 11시가 넘어 마추피추(Machu Picchu)로 올라가기 위한 종착역인 아구아스 칼리엔테스(Aguas Calientes)에 도착했다.

아구아스 칼리엔테스는 계곡에 위치한 조그마한 도시인데 이곳에서 버스를 타고 마추피추로 올라가야 한다.

물론 걸어서 갈 수도 있을 게다.

이 글을 읽으시는 분들 중에 등산에 자신 있다고 하시는 분들은 한번 걸어서 올라가 보시라!

역 밖으로 나서니 마리아가 예약해 놓은 여관 집 주인이 우리를 기다리고 있다가 우리 가방을 들고 앞장을 선다.

여관은 조그마한 여관인데 일층에는 식당이 있고 주인이 쓰며, 이층에 있는 방들이 관광객들이 쓰는 방이다.

짐을 풀어 놓고 마추피추로 가기 위해 터미널로 간다.

버스를 타러 가는 길 좌우에는 전부 음식점과 가게들이 들어 차 있다.

버스를 타고 마추피추로 오르는 길은 차 두 대가 간신히 비껴 지나갈 수 있는 길인데 낭떠러지 밑으로 내려다보이는 경치가 그만이다.

물론 길은 지그재그로 올라가게 되어 있다.

마추피추로 들어가는 정문 앞에 호텔이 있는데, 이곳은 꽤 비쌀 뿐만 아니라 예약을 미리 하지 않으면 숙박할 수가 없는 곳이다. 비싼 만큼 식당도 깨끗하고 음식도 깔끔하다.

마추피추

맞추피추로 들어서며

주내와 함께 점심을 먹은 후 마추피추의 유적지로 들어섰다.

들어가는 입장료는 50달러로 매우 비싼 편이다.

그것도 작년까지는 17달러였다는데 올해(2001년)부터 50달러로 올렸으며, 작년에는 그 다음날 입장료로 반값을 받았다는데 올해부터는 이와 같은 할인 제도도 없어졌다고 한다.

아마 페루 관광청이 돈독이 올라도 매우 오른 모양이다.

허긴 이렇게 비싸도 관광객은 끊이지 않으니 올릴 만도 하긴 하다만.

마추피추는 잉카인들이 돌로 만들어 놓은 산상 도시가 유명하며, 유네스코 세계 유산으로 지정된 곳으로서 사진으로도 많이 알려진 곳이다.

눈앞에 전개되는 도시는 참으로 신기하다. 2,500미터나 되는 산꼭대

12. 비밀에 싸인 산 위의 도시

기에 이런 도시를 건설하다니!

　이 도시는 예일 대학의 빙검(Bingham) 교수가 1911년 발견 당시까지 알려지지 않고 비밀에 묻혀 있던 도시였다고 한다.

　그러나 '발견'이라는 말은 완전히 서양의 시각에서 하는 오만방자한 말이다. 잉카인의 입장에서 보면 말도 안 되는 말 아니겠는가!

　내가 미국 가서 미국을 발견했다고 하면, 저놈들이 받아들여 줄까?

　역지사지(易地思之), 입장을 바꾸어 놓고 보면 이런 오만방자한 말을 해서는 안 되는 것인데도 불구하고 우리는 그저 비판 없이 저들의 말을 그대로 받아들이고 있는 것이다.

　그 이유는 무엇일까?

마추피추의 산정 도시

마추피추의 계단 밭

역사는 힘센 놈들의 오만함이 만들어 내는 것이기 때문이다.

그렇지만 우리가 오만방자한 놈들이 만들어낸 말에 현혹되어서는 안될 것이다.

늘 시각을 바꾸어 놓고 생각하는 습관을 길러야 사상(事象)을 균형 잡힌 관점에서 올바로 볼 수 있는 것이다.

이 도시를 왜 건설했는지, 어떻게 지었는지는 아직도 비밀에 묻혀 있다. 스페인의 침략자들로부터 숨기 위해 만든 은신처였는지, 아니면 종교적 중심지였는지 아무도 모른다.

마추피추의 비밀은 아직도 계속되고 있다.

예컨대, 이 도시에서 발굴된 시신들의 80퍼센트가 여자로 밝혀졌지

12. 비밀에 싸인 산 위의 도시

만 그 이유가 무엇인지는 아직도 모른다.

빙검 교수가 발견하였을 당시에는 두 가구만 남아 있었으며, 이들은 이 도시의 이름을 잊어버린 채 '큰 봉우리'라는 뜻의 마추피추라고만 불렀다고 한다.

마추피추는 아마도 15세기 말쯤 쿠즈코 북쪽인 이곳에 건설된 것으로 추정된다.

이 유적지는 기능에 따라 세 개로 나눌 수 있다. 곧, 농사짓는 지역, 신전이 있는 종교 지역, 그리고 사람들이 살았던 주거 지역으로 구분된다.

문을 들어서서 왼쪽에 있는 긴 계단을 오르면 언덕 위에 닿게 되는데, 이곳에서는 360도를 휘둘러 볼 수 있으며 농사를 짓던 계단식 밭을 볼 수 있다.

밭을 만든 방법은 경사진 비탈에 돌로 벽을 쌓고 가운데의 빈 공간에 흙을 지어 날라 부었다는 것이다.

13. 마추피추의 도시 계획

이 도시는 농사짓는 계단식 밭, 태양의 신전(Temple of the Sun) 및 사원의 최고 승려가 거주하는 집 등이 있는 종교 지역의 건물들, 그리고 귀족들이 살던 집 및 서민들이 사는 집으로 구역 정리가 잘 되어 있음을 볼 때, 당시의 도시 계획 수준이 상당하였음을 알 수 있다.

안내인의 설명에 따르면, 마추피추에는 신전과 집들을 합하여 21,800개의 건물이 들어 서 있고, 솟아오르는 물을 이용하여 16개의 샘을 만들어 놓았다고 한다.

마추피추: 귀족들의 집

13. 마추피추의 도시 계획

마추피추: 제단

　신전들 가운데 주 신전(Main Temple)은 세 개의 창을 가지고 있고, 콘돌 신전(Temple of Condor)은 사람이 죽으면 그 영혼을 태양으로 운반하는 독수리를 위하여 지은 것이고, 태양의 신전(Temple of Sun)은 둥글게 지은 특이한 건축물로서 창문이 두 개 있는데, 하지와 동지 때 해가 뜨면 이 창문을 통해 빛이 들어오도록 설계되었다고 한다.

　신전은 큰 돌을 사용하여 지었는데 돌을 깨는 방법이 특이하다.

　일단 큰 바위에 끌을 사용하여 구멍을 내고, 그곳에 생나무를 끼어넣은 다음에 물을 부어 나무를 불려서 깨어낸 다음 그것을 다듬었다고 한다.

　이때 돌이 깨지는 시간은 보통 7시간 걸렸다고 한다.

마추피추

마추피추의 집

13. 마추피추의 도시 계획

한편 서민의 집과 귀족들의 집들은 자연석을 쌓아 벽을 만들고, 창을 내고, 그 위에 짚으로 된 이엉을 얹어 만들었다.

자세히 관찰해 보면, 이엉을 묶어 놓을 수 있도록 지붕과 맞닿은 곳의 돌 사이에는 삐쭉 나온 돌들이 있음을 볼 수 있다.

산 밑에는 해발 6,000피트(약 1,800미터)의 우르밤바 계곡이 있고, 도시는 해발 7,800피트(약 2,300미터)에 세웠는데, 경작지는 테라스를 쌓고 흙을 넣어 만들었다.

계단식 밭에는 감자와 옥수수를 심었으며, 농사를 짓기 위해 해시계를 만들어 놓고 계절을 측정하였다.

보통 감자는 4,000피트(1,200미터) 이하에서 경작할 수 있다고 하는

마추피추의 어떤 집 안에서

마추피추

마추피추의 물길

13. 마추피추의 도시 계획

데, 이곳은 거의 두 배 가까이 높은 곳인데도 약 2,000여종의 감자를 경작하였다 한다.

이를 볼 때, 잉카 시대의 농업 기술이 매우 발전하였음을 알 수 있다.

또한 돌로 이루어진 계단 사이로 물이 흐르도록 만들어 놓은 물길[水路 수뢰]를 보면, 한편 신기하기도 하고, 다른 한편 이들이 얼마나 과학적으로 이 도시를 설계했는지를 느끼게 해준다.

한편, 도시로 들어가는 문은 입구에 잠그는 장치가 되어 있어 외적이나 동물의 침입을 막도록 만들어 놓았으며, 집 안에 구멍을 파서 무덤을 만들었다.

한편, 산 밑에서 보면 보이지 않도록 도시를 산 위에 건설한 것도 그렇고, 외부의 침입을 감시하도록 도시 곳곳에 망루가 설치되어 있는 것도 그렇고, 이 도시를 보호하기 위해 이들이 도시를 계획할 때 얼마나 노심초사했었는지 알 수 있을 것 같다.

언뜻 생각할 때, 이 도시는 잉카 제국의 몰락으로 이어진 1532년의 스페인의 침략에 대항하다 도망 나온 사람들이 만든 것으로 생각하기 쉬우나, 지은 연대로 볼 때 스페인의 침략 에 맞서기 위해 지은 것은 아닌 것으로 판명된다.

참고로 잉카의 마지막 왕은 "투파카마루"인데, 약 200년간 항전했다고 한다.

그렇다면 아마도 이 도시는 종교적 제의를 위해 지은 것으로 볼 수 있을 것이다. 그런데 20세기 발견 당시에는 두 가구만 남기고 다 이주했는지?

정말 수수께끼의 도시이다.

마추피추

14. 금강산의 상팔담(上八潭)을 닮았구나!

2001년 8월 3일(금)

마추피추에서 내려다 본 아구아스 칼리엔테스는 우르밤바 계곡에 자리잡고 있어 밑으로 내려다 보면 도시는 보이지 않고 계곡만 보인다.

마추피추는 높은 산으로 둘러싸인 산 위의 도시가 신기한 것으로 유명할 뿐만 아니라, 그 경치가 아름답기로도 유명하다.

이 도시 역시 2,500미터 높이의 가파른 산 위에 세워져 있는 것이지만, 앞뒤, 좌우에는 3,000미터도 넘는 더 높은 산들이 에워싸고 있다.

그 사이로 오솔길이 나 있다니-. 저 길을 따라 안데스의 인디언들이 한 줄로 서서 걷는 것을 상상해보라.

마추피추에서 내려다 본 우르밤바 계곡은 우리나라 금강산의 상팔담과 흡사하다.

옛날에 금강산 팔선녀의 목욕터였다는 설화가 전해오는 상팔담은 나무꾼과 선녀의 전설이 있는 곳으로 구슬처럼 아름다운 8개의 담소가 구룡연 위에 있다고 하여 붙인 이름이다.

마추피추에서 내려다 본 경치는 상팔담의 경치와 아주 비슷하다.

그렇지만, 우리나라 금강산의 상팔담만은 못한 것 같다.

워낙 유명한 곳이라서 무척 기대를 하였는데 내려다 본 경치가, 물론 아름답기는 하지만, 그렇게 크게 감동을 주지는 않는다.

사진으로만 보고 실제로 금강산엘 가보지 못해서 단언할 수는 없으나, 나무와 선녀꾼의 전설이 서린 상팔담의 사진은 본 적이 있다.

그 사진과 비교했을 때, 이곳보다는 상팔담이 훨씬 더 아름답고 품격

마추피추 앞 산

마추피추

상팔담과 닮은 우르밤바 계곡

14. 금강산의 상팔담(上八潭)을 닮았구나!

이 있다.

더욱이 이곳은 건기와 우기만 있을 뿐 열대 지방이어서, 비록 고도는 높으나 늘 그 경치가 그 경치일 터인데, 금강산 상팔담은 봄, 여름, 가을, 겨울 그 경치가 사시사철 변하면서 그 그윽한 품격을 계속 유지하니 이곳보다는 적어도 네 배는 더 아름다운 곳이라 할 수 있을 것이다.

이른바 아름다움이란, 변화 속에 그 본질이 숨어 있는 것이다.

사람은 무의식적으로 변화 속에서 무엇인가를 발견하려고 한다.

그 이유는 사람이 변화하는 세상 속에서 살기 때문이다.

그래서 아무리 아름다운 경치라 하더라도 그것이 지속되면 실증을 느끼는 법이다.

변화 속에서 아름다움을 찾는 것은 인간의 본성인 것이다.

이런 점에서 사계절의 변화 속에서 그때그때의 아름다움을 발견할 수 있는 우리나라의 상팔담이 이곳 마추피추에서 내려다보는 우르밤바 계곡보다 한 수 위인 것이다.

다만 이곳은 산 위에 건설된 도시가 있다는 특이감은 있지만.

마추피추

15. 영원을 담는 마추피추의 해시계여!

2001년 8월 3일(금)

한편 산 위에 세워진 도시 가운데쯤에는 돌로 만든 해 시계가 놓여 있다.

잉카는 물론 마야 등의 아메리카 인디언들이 하늘을 숭배하고, 농사를 지었기 때문에 이러한 해시계가 발전한 것이리라. 곧, 해시계로 계절을 측정하고 그것에 맞추어 농사를 지은 것이다.

잉카의 달력은 12개월로서, 1개월은 3주, 1주는 10일로 나뉘어 있고, 따라서 일 년은 360일로 구성되어 있다고 한다.

마추피추: 해시계

15. 영원을 담는 마추피추의 해시계여!

마추피추 앞 산

또한 잉카 달력은 하지인 6월 21일부터 시작되는데, 이 날은 '태양의 축제'(Sun Festival)가 시작되는 날이기도 하다.

멕시코에서 본 해시계를 생각할 때, 이곳의 해시계 역시 같은 무리일 것이다.

이런 저런 것을 생각해 볼 때, 아메리카 인디언들의 찬란했던 문화와 문명에 대해서 얼마나 우리가 무지했던가를 알 수 있다.

우리가 무지했던 것은 중고등학교 때 서양문화사 중심으로 세계사를 배웠기 때문이다. 그래서 서양은 문명이 발달한 곳이고, 그 외의 다른 나라는 문화나 문명이 미개한 곳이라는 잘못된 인식을 심어 준 것이다.

이를 보면 가르치는 이들이 얼마나 책임이 큰 줄을 알겠다.

선생은 자기가 배워온 것만 가르쳐서는 안 된다. 균형 감각을 가지고

맞추피추: 귀족들의 집

늘 미지의 세계를 탐구하고 진실을 찾아내어 전달해주어야 한다.

적어도 모르는 것은 모른다고 말할 줄 알아야 선생으로서의 자격이 생기는 것이다.

"내가 아는 것은 이러이러하지만, 반드시 이것만이 다라고 생각해서는 안 된다. 내가 모르는 다른 세계가 얼마든지 있을 수 있으며, 그래서 내가 아는 것이 다 옳은 것은 아닐 수도 있다."는 것을 일깨워줄 수 있어야 한다.

여행은 잘못된 우리의 인식으로부터 우리를 진실의 세계로 끌어내주는 하나의 도구이기도 하다. 물론 신비의 세계로 우리를 인도해주기도 하지만.

15. 영원을 담는 마추피추의 해시계여!

마추피추의 해시계를 보니, 시가 나온다.
그저 되는 대로 긁적거린다.

영원을 담는 마추피추의 해시계여!

산 위에 세워진 도시, 마추피추!
그 속에서 아직도 그대는 흘러가는 시간을 재는구나.
그대를 만든 사람은 전설 속으로 사라진지 오래거늘—

이 세상의 아름다움도, 추함도, 그 모든 욕심도
결국은 시간의 영겁 속에 묻혀
한 줄기 햇빛 속으로 사라져 버리는 것을

영원히 자리를 지키며,
뒤따라 오는 이들에게 묵묵히
그림자 드리우며 아무리 외쳐대도
그 누구 하나 빛 속의 진실에 귀 기울이는 이 없어도
오로지 나는 내 할 일을
할 뿐이로소이다.

마추피추

72

16. 마추피추를 내려오며

2001년 8월 3일(금)

마추피추의 도시들을 빠른 걸음으로 한 바퀴 돌아 나오는데 한국사
람 부부를 만났다. 관광차 왔다는데 도시의 신비함과 아름다운 경치에
계속 감탄을 내뿜는다.

이야기하다 보니 고산증으로 엄청 고생을 했다고 한다. 지금은 괜찮
지만.

말인즉슨, 이보다 높은 일본 후지산을 오를 때에도 고산증은 없었는
데 이곳에 와서 고산증 때문에 고생을 무척 했다고 한다.

우리는, 멕시코에서 전지훈련을 한 덕분인지, 고산증이 무엇인지를
모르고 있으니 얼마나 행복한가!

서로 마주 보며 고산증 없는 것에 대해 하느님께 감사한다.

작은 봉우리라는 후와이나피추를 오르는 입구에 가니 입구는 닫혀
있고 경비원이 사람들이 들어가는 것을 막는다. 지금 올라갔다가는 금방
해가 지므로 조난의 위험이 있다고 한다.

내일 오르기로 마음먹고 산상의 도시를 뒤로 하며 발걸음을 옮긴다.

산상의 호텔에서 맥주 한 잔을 마시고 마지막 버스를 타고 산을 내
려온다.

산 밑의 아구아스 칼리엔테스를 향하여 지그재그로 내려오는데 인디
언 소년 하나가 버스 앞에서 소리를 지르며 손짓을 하고는 지그재그 길
가운데에 난 경사진 지름길로 뛰어 내려가서는 버스가 나타나자 또 다시
소리를 지르고-. 계속 그 짓을 반복한다. 차에 탄 관광객들이 무슨 일인

마추피추의 산정 도시

가 내다보며 웃는다.

버스가 지그재그 길을 돌면서 내려오는 동안 소년은 그 지그재그 길을 종단하니 똑같은 소년이 계속 앞에 나타나는 것이다.

아무리 버스가 빨라도 소년을 따라잡지 못하는 것이다.

버스가 아구아스 칼리엔테스 가까이 이르자 이제는 소리를 지르고 손짓을 한 다음 버스 앞에서 막 달려 나간다.

버스가 우르밤바 계곡 가운데에 놓인 다리를 지나자 이 소년이 차를 세운 다음에 차에 올라타고는 모자를 내민다.

관광객들이 그 소년을 어여삐 여겨 주머니에서 돈을 꺼내 주기도 하고 사탕을 주기도 한다.

마추피추

　나도 몇 솔리스(페루의 화폐 단위로서 1달러가 3.5솔리스 정도 한다) 인가 주었다.

　가만히 생각하니 소년의 벌이가 꽤 괜찮을 것 같다.

　그런데 나중에 알고 보니 관광버스 회사와 짜고 의도적으로 시행하는 관광 상품이었다.

　그러니 그 벌이가 전부 소년의 것은 아니었을 것이다.

　그렇지만 관광객들을 즐겁게 해주었으니 그만한 대가를 받을 만하다고 생각한다.

　여하튼 참으로 재미있는 아이디어 아닌가!!!

　여관으로 돌아와 저녁을 먹으러 거리로 나섰더니 붉은 등불 아래 길 좌우에 있는 가게들은 갖은 치장과 함께 고기 굽는 냄새로 낭만에 젖은

아구아스 칼리엔테스: 성당

16. 마추피추를 내려오며

길손을 유혹한다.

음식점은 여하튼 손님이 북적거리는 곳으로 가야 하느니, 그것만큼은 동서양 할 것 없이 진리일 터.

여관에서 300미터쯤 떨어진 곳의 고기 굽는 큰 가마가 있는 음식점에, 반은 고기 굽는 냄새에 이끌려, 반은 손님이 많다는 이유로 들어섰는데, 역시 진리는 진리이다.

불가마 앞에서 직접 고기를 구워 주는데 맥주와 함께 배를 채우니 이제 온 세상이 내 것이다.

76

17. 후와이나피추를 오르다.

2001년 8월 4일(토)

아침 일찍 일어나, 후와이나피추(Huayna Picchu)를 오르기 위해 집을 나섰다.

버스를 타고 다시 마추피추로 올라가, 또 다시 50달러의 입장료를 내고.

아무리 생각해도 너무 비싸다. 어제도 50달러씩 냈는데-.

그렇지만 어찌하겠는가?

아까워도 할 수 없다. 안 올라가면 그뿐이겠으나, 여기까지 온 비행

후와이나피추를 오르며 본 마추피추

17. 후와이나피추를 오르다.

후와이나피추

마추피추

기 삶이며 모든 것을 생각하면 그냥 돌아갈 수는 없는 것 아닌가?

어제 대충 본 도시를 다시 한 번 훑어보며 후와이나피추 올라가는 등산길에 들어섰다.

등산길에 들어서기 전 입구에서는 이름을 적고 가야 한다. 나올 때에도 이름을 확인함으로써 조난자의 발생을 확인하기 위함이다.

산은 무척 가파르다.

그러나 오르며 중간 중간에서 내려다보는 도시의 조감(鳥瞰)은 시원한 바람과 함께 더욱 신이(神異)하기만 하다.

이런 곳에 집을 짓다니-.

후와이나피추 꼭대기에 이르자 이곳에도 계단밭이 있고 망루가 설치

후와이나피추 망루

17. 후와이나피추를 오르다.

후와이나피추 망루에서 내려다 본 우르밤바 계곡

되어 있다.

망루에서는 저 밑의 우르밤바 계곡을 따라 누가 오는지를 감시할 수 있도록 되어 있다.

그러나 밑에서는 전혀 그곳에 망루나 계단밭이 있으리라고는 생각할 수 없을 것이다.

마추피추의 도시에서 후와이나피추를 올려다 볼 때에도 그저 산봉우리만 우뚝 가파르게 솟아 있는 것만 보이지 집이나 밭은 보이지 않는다.

그런 곳에 집이 있고, 자급자족할 수 있도록 밭이 있다는 것은 분명 사람의 상상을 초월하는 것이리라.

후와이나피추에서 내려다 본 마추피추의 도시는 안내인의 말에 따르

마추피추

마추피추: 독수리 형태의 도시

면 독수리 형상이라 한다. 독수리가 날개를 펴고 있는 형태라는데 그럴 듯하다.

쿠즈코는 퓨마의 형태이고, 이곳 마추피추는 독수리의 형태라-.

잉카인들은 독수리가 태양의 신에게 인간을 연결시켜 주는 메신저 역할을 한다고 믿는다. 사람이 죽으면 그 영혼을 독수리가 태양의 신에게 가져간다는 것이다. 이런 것이 풍장(風葬)의 근거일 것이다.

산꼭대기에서는 누구나 팔을 활짝 펴 들고 독수리가 나는 형상으로 기념사진을 찍는다. 뒤에는 마추피추의 도시를 배경으로 깔고.

나도 예외는 아니었다.

중년 남성과 여성으로 구성된 일본인들 다섯 명이 뒤이어 올라오며

17. 후와이나피추를 오르다.

서로 격려하는 모습이 향기롭다.

우리와도 인사를 나눈다.

여행지에서 만난 사람들은 다 아름답다. 언제나 느끼는 것이지만. 아마도 욕심이 없기 때문일 것이다.

평소에도 욕심을 버리면 사람들은 모두 아름다울 것이다.

그러나 욕심이 없으면 발전도 없다. 평화롭기는 하겠지만.

이런 점에서 발전은 편의를 가져오지만, 평화를 깨트리는 것이다.

평화를 택할 것인가, 발전을 택할 것인가? 욕심이 있어야 하는가? 없어야 하는가? 다 일장일단이 있는 것이다.

이제 내려가야 하는데ㅡ.

후와이나피추 꼭대기

마추피추

후와이나피추 꼭대기

산꼭대기 바위돌 뒤편으로 내려가는 길은 경사진 바위벽에 너무나 가팔라서 거의 엉금엉금 누워서 내려오듯 했다.

저 밑으로는 그야말로 천 길 낭떠러지이니 아슬아슬하지만, 그런대로 재미가 있다.

왜 사람들은 위험을 감수하며 스릴을 즐기는 것일까?

후와이나피추를 오르는 길은 꼭대기에서 지금처럼 휘돌아 내려오는 길이 나 있는 것이다.

올라온 길로 되돌아 내려가는 방법도 있지만 새로운 길로 택하는 것이 언제나 새로운 것을 탐하는 나그네의 욕심에 좀 더 부합되는 길이리라.

17. 후와이나피추를 오르다.

18. 달의 신전

2001년 8월 4일(토)

후와이나피추(Huayna Picchu)의 꼭대기에서 내려오며 망루에 들렸다. 생각보다는 큰 집이었다.

그곳에서 우르밤바 계곡을 본다.

내려오는 길은 계단으로 되어 있으나 가파르기가 아마도 60도 정도 되는 것 같다. 앞으로 몸을 조금만 숙여도 굴러 떨어질 듯하다.

계단 옆으로는 조그만 밭뙤기가 역시 돌로 쌓은 벽 안 쪽에 층층으로 놓여 있다.

내려오는 길에 달의 신전으로 가는 길이 갈라지는 곳에 다다른다.

'달의 신전'이라?

해의 신전이 마추피추의 도시 한 가운데 있다면, 달의 신전은 후와이나피추의 산 너머 등성이에 위치해 있는 것이다.

오늘 아침에도 50달러의 입장료를 내고 들어왔는데 달의 신전도 보고 가야 안 되겠나 싶은 생각에 주내를 돌아보니 선뜻 달의 신전으로 가자는 데 동의한다.

달의 신전으로 가는 길은 후와이나피추 오르는 길처럼 가파르진 않으나 내리막길과 오르막길이 번갈아 있으면서 계속 산등성이를 돌아 산 밑으로 내려가야 만날 수 있으니 우선은 편하다만 이따가 돌아가는 길이 힘들 것이다.

본래 그런 것이다.

처음엔 쉽고 편하다가 나중에는 힘들기도 하고, 처음에 힘이 들면 나

후와이나피추 달의 신전: 문

중에 편해지는 것이 세상 이치인 것이다.

꽤 먼 길을 내려가는데 앞뒤에 아무도 없다.

대부분의 사람들이 후와이나피추의 산봉우리에는 올라가지만 달의 신전에는 잘 가지 않는다. 잘 알려지지 않기도 했지만, 후와이나피추에 오른 후 내려가는 길에 달의 신전엘 가면 다시 올라와야 하니 그 고생을 생각해서 아마도 그런 것이리라.

아무리 걸어도 달의 신전이 나오지 않는다.

중간에서 그만 돌아갈까 생각도 해 보았으나 곧 나타날 것 같은 예감에 발길을 멈출 수 없다.

밀림으로 우거진 숲 속으로 나 있는 길을 따라가다 보니 못 보던 꽃들도 있고 그런대로 걸을 만하다.

18. 달의 신전

이따가 올라가는 것은 그때 문제이니, 미리 걱정할 필요는 없다.

우리 걱정의 99%는 할 필요가 없다는데, 사람들은 늘 걱정하며 산다.

우리가 해결할 수 없는 걱정이나 부딪칠 수밖에 없는 걱정은 전혀 할 필요가 없는 데도, 그걸 알면서도 걱정을 하며 산다.

사람은 참 알면서도 잘 모를 동물이다.

우리는 이따 올라가는 것은 미리 걱정 안 하기로 마음을 다시 한 번 정리한다.

내려가는 길에 사진기를 주었다. 누군가 우리 앞에 내려가다가 떨구고 갔을 것이다.

그렇다면 달의 신전에는 사진기의 임자가 있을 것이다.

달의 신전에 다다르니 과연 20여세 되는 청년 하나가 있다.

사진기를 잃어 버렸느냐고 물으니 그렇단다. 주운 사진기를 돌려주니 연방 고맙다고 한다.

달의 신전이라고 하여 거창한 건물이 있는 것은 아니었다. 컴컴한 바위 속에 제사를 지낼 수 있는 제단이 있을 뿐이다.

물론 그 바깥 위쪽으로는 인공으로 쌓은 축조물의 유적이 남아 있기는 하지만 거창하지는 않다.

오르내리는 고생에 견주면 큰 감흥이 일어날 만큼 볼 만한 가치가 있는 것 같지는 않다. 아마도 인류학자에게는 또 다른 의미가 있을지 모르지만—.

이런 생각을 하다 보니 "어쩌면 내가 무식하니 그런 것일지도 모른다."는 불길한(?) 예감이 언뜻 머리를 스친다.

마추피추

고백하건대 사실, 무식한 건 사실이다.

그렇지만 나만 무식한가? 다 무식한 걸! 모든 것을 다 아는 사람이 어디 있나? 이리 생각하니 안도의 한숨이 나온다. 휴!

그렇지만 더 한심한 것은 무식한 사실보다 '자신이 무식하다'는 것을 모른다는 점이다.

사람들은 자기가 무식한 것은 모른 채, 자기 식으로만 판단하고 스스로 옳다고 생각한다.

무식하니 자신을 모르는 것은 어찌 보면 당연한 것이다. 오죽하면 소크라테스가 "너 자신을 알라!"라고 했을까!

그렇지만 이 말은 너무 어려운 말이다.

소크라테스로서야 되도록 짤막하게 그리고 멋있게 진리를 설파했다

달의 신전

18. 달의 신전

고 생각하겠지만, 이 말을 이해하지 못하는 사람들이 너무도 많기 때문이다.

꼭 입에 수저를 넣어줘야 하는 사람들이 대부분이기 때문이다.

참고로 짤막하게 말해야 멋있어 보인다.

그래야 그 뜻이 알쏭달쏭하기도 하고, 유식해 보이기도 하는 것이다.

만약 소크라테스가 젠 체하는 학자가 아니라 좀 더 겸손한 인류의 스승이었다면, 쬐끔은 더 친절하게 "너 자신의 무식함을 알라!"라고 했을 것이다.

여하튼 모르면서 사람이든 물건이든 그 가치를 함부로 판단하는 것은 아니다.

물건은 써 보아야 그 효능을 알고, 사람은 사귀어 보아야 그 진가를 알 수 있는 것이기 때문이다.

다시 되돌아가려 하는데 우리처럼 호기심 많은 사람 둘이 내려오다 마주친다.

전혀 모르는 사람이지만 반갑다.

묘한 동료의식을 느끼며, "그래도 이걸 보러 내려오는 사람들이 없는 것은 아니구나."라는 생각이 들면서 '달의 신전'에의 걸음이 헛걸음이 아니라고 애써 자위한다.

여하튼 오늘은 많이도 걸었다.

19. 피삭의 인디언 시장

2001년 8월 5일(일)

오늘은 피삭(Pisac)의 인디언 시장을 들린 후 잉카의 신성 계곡(Sacred Valley of the Incas)이라 부르는 우르밤바(Urbamba) 계곡을 따라 올란타이탐보(Ollantaytambo)의 푸에블로(Pueblo) 유적지와 친체로(Chinvhero) 유적지를 돌아보기로 한 날이다.

쿠즈코를 떠나 45분 정도 가면 피삭에 다다른다.

피삭은 우르밤바 계곡에 위치한 작은 고을로서 농경을 할 수 있는 잉카인들의 전통적인 조그마한 도시이다.

가는 길에 잉카인들의 집 지붕 위에 흙으로 빚은 소 두 마리와 십자가 그리고 항아리가 놓여 있는 것을 볼 수 있다.

소 두 마리는 농경 사회를 유지하는 데 필수적인 동물로서 힘을 상징하며, 십자가는 가톨릭의 영향을 받은 것이고, 항아리는 태양의 피를 상징하는 성스러운 물인 치차(잉카인들이 마시는 옥수수 술)를 담는 그릇이다.

이런 것을 통해, 이들의 종교는 옛날 그대로 태양의 신을 섬기면서 가톨릭과 결합되어 있음을 알 수 있다.

한편 지나는 길의 어떤 집 담장 위에 심어 놓은 선인장이 눈길을 끈다. 도둑을 막기 위해 담장 위에 철망을 쳐 놓는 대신 선인장을 심은 것이리라.

역시 사람의 지혜란!

우르밤바 계곡

피삭 고을로 내려가기 전 언덕 위에서 버스를 잠시 멈추게 한 후, 안내인은 우르밤바 강과 피삭 고을을 내려다보라고 한다.

평화롭게 보이는 피삭 고을은 바로 밑에 있고, 저쪽 산등성이를 따라 우르밤바 강이 보이고, 저 멀리에는 우르밤바 강으로 흐르는 물의 수원지인 설산이 보이는 풍경이다.

바로 이곳, 피삭 계곡부터 우르밤바 강을 따라 신성(神聖) 계곡이 시작된다.

열대 건조 지역에서는 이와 같이 해발 3,000미터가 넘는 곳에 설산으로부터 흘러내리는 얼음 녹은 물이 강을 이루어 물을 공급하고, 이 물을 이용하여 테라스로 이루어진 농경지가 발달하는 것이다.

피삭 / 올란타이탐보 / 친체로

담장 위의 선인장

피삭에서는 일요일에 인디언들의 시장이 크게 서는 것으로 유명하다.

화요일과 목요일에도 장은 서지만 그 규모가 훨씬 작다고 한다. 따라서 피삭의 인디언 시장을 보려면 일요일에 갈 수 있도록 계획을 짜는 것이 좋다.

이곳 시장에서는 인디언들의 손 때 묻은 수공예품을 비롯하여, 채소, 과일, 주전부리 등 없는 것이 없다.

거리는 좁은데 사람들은 많고, 흡사 옛날 우리나라의 장터를 연상케 한다.

시장은 물건만 사고파는 곳이 아니다. 사람을 살리는 곳이다.

시장은 어느 곳이나 사람들의 활력을 불어넣어 주는 곳이기 때문이

우르밤바 계곡과 피삭 마을

다. 이는 동서양을 막론하고, 옛날이나 지금이나 변함이 없다.

아마도 살고자 하는 의지가 넘쳐나기 때문일 것이다. 그것이 다른 사람들에게도 영향을 미쳐 사람을 살리는 것이다.

자살을 생각하는 사람들에게 내가 내리는 처방은 시장에 나가 바람을 쐬고 오라는 것이다.

그런데도 살기 싫다고?

그렇다면 나보고 어쩌라고?

만약 시장을 한 바퀴 휘 돌아왔는데도 죽고 싶다면 수단 방법을 가리지 말고 죽여줘야지 어쩌겠는가!

자신의 목숨을 죽여주는 것이 아니라, 죽고 싶은 마음부터 일단 죽여

피삭 고을

줘야 하는 것이다. 그것도 스스로 죽여주는 것이 가장 효과적이다.

그렇지만 그런 일은 절대 일어나지 않을 것이라 확신한다. 시장을 돌아본다면!

이곳 피삭의 시장도 활기에 넘쳐 있다. 조금이라도 더 싸게 사려고 물건 값을 깎아 보고, 흥정을 하며 시끌벅적하다.

나도 참여하고 싶다. 삶의 의지가 막 넘쳐난다.

그러나 눈에 띄게 살 물건은 별로 없다. 사주고 싶은 마음은 굴뚝같아도 여행에 짐이 될 뿐이니ㅡ.

19. 피삭의 인디언 시장

20. 우리 옛말과 닮은 잉카의 말

2001년 8월 5일(일)

피삭에서 시장 구경을 하다가 안내인에게 우르밤바의 어원을 물었다.

안내인의 말인즉, '우르'는 물이라는 뜻이고, '밤바'는 지역이라는 뜻이란다. 곧, 우르밤바는 '물이 있는 곳'이라는 뜻이다.

언뜻 생각나는 것이 옛날 한강을 아리 수(水)라 불렀다는데, '아리'와 '우르'는 혹시 같은 무리의 말 아닌가 하는 생각이 들었다.

압록강의 압록도 '아리'를 한자 음으로 표시한 것이고, 만주의 아무르강도 '암+우르'로서 '감+우르'에서 "ㄱ"이 탈락되어 이루어진 이름으로 볼 때 '으뜸가는 강', 또는 '검은 강'의 뜻을 가졌다고 추정할 수 있는데, 여기에서도 '우르'는 강 또는 물이라는 의미를 띠는 것 아닐까?

이러한 이야기를 하니 안내원 말인즉, 잉카 언어를 케차라고 하는데 케차에는 일본 말과 같은 것들이 많다고 한다.

일본 관광객들을 안내하다 보니 잉카 언어와 일본 말에서 아주 닮은 낱말들이 많다는 걸 알았다고 한다.

그러면서 개구리를 잉카 말로는 '가이로'라고 하는데, 일본 말로도 '가이로'라며, 우리말로는 무엇이냐고 묻는다.

우리나라의 임금 이름 중에 개로왕이 있는데, 이때의 '개로'가 개구리 아닐까 하는 생각도 든다. 부여의 왕인 금개구리왕[金蛙王 금와왕]의 전설도 그렇고ー.

한편, 잉카의 제사장을 뜻하는 말이 워야구마이다. '워야구마'에서 '워야는 무슨 뜻인지 잘 모르겠으나, '구마'는 분명히 왕(으뜸) 또는 신을

94

안데스의 산

뜻하는 '칸, 감, 금, 곰, 엄'과 같은 무리의 말일 것이다.

우리나라의 성씨(姓氏)인 김(金)씨의 '김'이나, 금속 가운데 으뜸인 '금(金)'이나, 징기스칸[成吉思汗]의 '칸' 또는 한국의 '한'이나, 단군의 '군'이나, 단군 왕검(王劍)의 '검'이나, 왕을 뜻하는 순수한 우리말인 임금의 '금'이나, 신라 왕을 일컫는 이사금(尼師今)의 '금'이나, 거서간(居西干), 마립간(麻立干)의 '간'이나, 높은 지위를 나타내는 데 사용되는, 예컨대, 상감(上監) 대감(大監) 영감(令監)의 '감'이나, 다 같은 무리의 말로서 '으뜸'을 뜻한다.

우리 민족이 토템으로 삼고 있는 동물은 곰인데, 곰에게 '곰'이라는 이름을 붙인 것은 동물들 가운데 으뜸으로 치기 때문이다.

20. 우리 옛말과 닮은 잉카의 말

곰은 일본어에서 '구마(熊)'로 부르는데 역시 같은 뜻을 가진다.

또한, 일본어로 신(神)을 '가미'라 하는데 역시 같은 무리의 말이다.

그러니 워야구마는 우리식으로 하면 단군 왕검과 같은 '검'자 항렬의 '워야검'일 것이다.

잉카의 마지막 왕 이름은 '투파카마루'인데, '투파카'는 무슨 뜻인지 모르겠으나 '마루'는 '임금'을 뜻하는 칭호이거나 '높은 분'을 뜻하는 말일 것이다.

'마루'는 '산마루, 등마루'에서 알 수 있듯이 '높다'는 뜻과 '맏아들, 맏며느리'에서 알 수 있듯이 '장자'의 뜻을 가지고 있다.

이때 '맏'과 '말' 또는 '마루'는 음운학에서 'ㄷ,ㄹ 넘나듦 현상' 때문에

안데스의 산

96

나타나는 것으로서 같은 말이다.

신라 임금 칭호인 마립간(麻立干)의 '마립'은 바로 '마루'를 한자로 나타낸 것이고, '간'은 임금을 뜻하는 말이다.

이런 점에 비추어 볼 때, 잉카의 마지막 왕인 투파카마루의 '마루'는 왕을 나타내는 뜻을 가지고 있음이 틀림없다.

또한 잉카의 신 중 하나인 '땅의 어머니'라는 뜻을 가진 파차마마에서 '파차'는 우리말의 '밭'이고, '마마'는 상감마마라 할 때의 '마마'와 정확히 일치한다.

여기에서 '마마'는 '높은 분', '무서운 분'을 뜻할 때 사용된 말이다.

한편 쿠즈코에서 본 코리칸차는 '해의 나라인 잉카의 으뜸가는 성'이라는 뜻이 아닐까 생각이 든다.

'코리'는 '고려, 고구려, 코리아' 등 우리나라를 지칭하는 나라 이름으로 옛날에 널리 쓰인 말 '고리'와 거의 같은 말인 듯해서다.

이때 '고리', '코리', '고려', '구리' 따위는 '해의 나라' 또는 '호랑이의 나라', '큰 나라', '높은 나라'라는 뜻을 가지고 있다(교보문고 퍼플, 2013, 〈우리 뿌리말 사전〉 참조).

'칸'은 으뜸을 뜻하는 말이며, '차'는 성(城)을 의미하는 '잣'이 아닐까?

또한 '마추피추'라는 말 역시 높은 산이라는 뜻이라는데, '마추'는 '맏, 마루'와 같은 말로서 높다는 것을 의미하며, '피추'는 잘 모르지만 '삐쭉' 솟은 봉우리를 뜻하는 말 같기도 한데—.

한편, 잉카인들의 신화를 보면 동, 서, 남, 북의 신이 있는데, 우리나라의 좌 청룡, 우 백호, 남 주작, 북 현무와 비슷하다.

곧, 북은 물(Agua)을 뜻하고 어둠을 의미하며, 뱀이 주신(主神)이고,

20. 우리 옛말과 닮은 잉카의 말

잉카의 아이들 모델

동쪽은 새, 곧, 독수리(Condor)가 주신이며, 서쪽은 퓨마(Puma)가 주신이고, 남쪽은 불을 뜻하고 밝음을 의미하며 쟈칼(Jackal)이 주신이란다.

우리 신화에서 북의 현무가 잉카인들에게는 뱀으로 나타나고, 우리 신화에서 서쪽의 백호가 잉카인들에게 퓨마(puma)로 나타나는 것은 거의 같다.

왜냐면 현무는 뱀의 변형이고, 백호는 범이기 때문에 뚜렷이 일치한다.

이들이 부르는 퓨마의 어원도 따지고 보면 우리말의 '범'에서 온 말 아닌가 싶다.

한편 동쪽의 주신이 청룡에서 독수리로 바뀌었지만, 동쪽을 뜻하는 우리말이 '새'라는 점만큼은 우연으로 넘길 수 없다.

피삭 / 올란타이탐보 / 친체로

우리말에서 '새'란 동쪽뿐만 아니라, 동시에 날아다니는 새를 의미하기도 하기 때문이다.

독수리를 뜻하는 콘돌(condor)의 어원을 살펴 볼 때, '큰 돌' 곧, '큰 새'의 의미를 띠며, 이 큰 새(鳥)가 동쪽을 뜻하는 "새(東)"의 주신이라는 점에서 이러한 일치를 우연이라고 보기는 어렵지 않겠는가?

참고로 새를 우리 옛말에서는 "달, 돌"이라 불렀다. 예컨대 "닭"의 어원이 그러하며, 일본 말로 새를 "도리"라 하는 것이 그러하다.

오로 박물관: 새 상투

다만 다른 것은 쟈갈로 나타나는 남쪽의 신인데 우리 신화가 상정하는 주작과는 전혀 다르다.

콘돌이 날개를 활짝 편 모양을 도시 계획의 모형으로 삼은 곳이 바로 동쪽의 마추 피추이고, 퓨마를 도시의 모형으로 삼았다는 쿠즈코가 (북)서쪽에 있다는 점도 동, 서, 남, 북의 신화와 관계가 있는 것 아닐까?

이 이외에도 마야(멕시코)에서 보았던 것처럼, 이곳 박물관에서도 상투를 한 그림이며, 토용, 옹기 따위를 볼 수

20. 우리 옛말과 닮은 잉카의 말

있다.

또한 상투 대신 새를 머리 위에 올려놓은 사람 형태의 토기나 새를 형상화한 모자를 쓴 모습의 토용 등도 있다.

새를 조각한 옹기

아마도 이들 인디언들이 새를 토템으로 하던 동이족의 일파였던 것은 아닐까?

21. 올란타이탐보의 큰 바위 얼굴

2001년 8월 5일(일)

우르밤바 강을 따라 버스는 달린다.

칼카(Calca)와 유카이(Yucay) 등 인구 10,000명 정도의 작은 도시를 지난다.

1570년 스페인 침공 때 이 길을 따라 스페인군이 쳐들어 왔다고 한다.

유카이의 식당에서 점심을 먹고 계속 신성 계곡을 달려 올란타이탐보(Ollantaytambo)에 다다른다.

볼록 맞추기

올란타이탐보는 쿠즈코에서 88㎞ 떨어져 있는 우르밤바(성스러운 계곡)의 중심에 위치한 도시로서 잉카제국 시대의 역참 또는 요새 터로 이용되었다는데, 케챠어로 "여행 가방"이라는 뜻이라 한다.

올란타이탐보에 도달하자 오른쪽

뒤편으로 높은 산이 보이고, 앞으로는 잉카의 유적지가 보인다.

올란타이 탐보를 중심으로 동쪽 50킬로미터에 마추피추, 서쪽 50킬로미터에 쿠즈코가 있다고 한다.

지진이 많은 곳이라서 성벽과 신전의 지진 설계가 잘 되어 있음을 볼 수 있다.

오목 맞추기

오목 볼록으로 돌을 깎아내어 서로 끼어 맞추는데 돌과 돌 사이에 약간의 틈을 만듦으로써 돌과 돌이 지진에 흔들려 떨어지지 않도록 만들었다.

안내인의 말에 의하면, 이집트에서 사용된 안쪽 돌 오목 볼록 맞추기 기술 (interlocking system inside)과 동일한 기술이라 한다.

올란타이탐보의 산 중턱에는 병참기지 격인 건물들과 첨성대가 있고, 이들의 전설이 깃들어 있는 큰 바위 얼굴을 한 바위가 보인다.

이들의 전설에서 나오는 비라코차의 얼굴이라는데-.

피삭 / 올란타이탐보 / 친체로

키가 크고 턱수염을 한 흰 피부의 신인 비라코차는 훗날 다시 돌아오겠다고 약속한 후 잉카를 떠났다는 전설이 있다.

동지 날 아침에 햇빛이 뜨면 바로 이 비라코차의 얼굴에 정면으로 비친다고 한다.

왕을 하늘의 신인 태양신의 아들로 숭배하는 잉카인들은 눈부셔서 해를 맞볼 수 없듯

비라코차의 얼굴과 첨성대

이 임금 앞에서는 고개를 숙여야 한다는데, 동지 날 햇빛이 비라코차의 얼굴에 비치도록 큰 바위 얼굴을 만들었다고-.

그 옆에는 첨성대와 병참기지 건물들이 서 있다.

잉카인들은 첨성대를 세워 별들의 운행을 관측하고 계절과 지진을 예측하였다고 한다.

잉카인들에게 지진은 땅의 신이 배고플 때, 일식은 해의 신이 아플

21. 올란타이탐보의 큰 바위 얼굴

때 나타나는 현상으로 받아들였다고 한다.

비라코차인 줄 알고 정중히 맞아들인 백인들이 잉카의 남자들을 다 죽이고 계속 침략해 오자 결국 잉카인들은 쿠즈코와 올란타이탐보를 버리고 동쪽의 정글로 들어갔다 한다.

그 땅은 결국 정복자의 자손들이 차지하고, 순수한 잉카 인디언들의 후손들은 아마존 강이 시원(始原)하는 정글 속에서 살고 있으니-.

누누이 말했지만 선(善)이 최선이 아니라는 것을 역사가 증명하고 있는 것이다.

또한 종족의 유지를 위해서는 여자가 남자보다 훨씬 더 위대하다는 것을 말해 준다.

올란타이탐보의 신전

피삭 / 올란타이탐보 / 친체로

씨를 뿌리는 남자는 정복자에 의해 멸종되다시피 하였지만, 여자들은 살아남아 아직까지도 종족 번식의 위대한 사명을 계속하기 때문이다.

비록 정복자와의 혼혈이지만, 여자들이 아니라면 인디언의 종자를 어찌 보존할 수 있었겠는가?

이 세상에서는 생존이 먼저이며, 약한 듯한 여자가 남자보다 훨씬 종족의 유지에 기여하고 있는 것이다.

"세상은 남자가 정복하지만 그 남자를 정복하는 것은 여자이다."라는 말은 결코 헛말이 아니다.

남자들은 분발할지어다.

참고로 여자를 정복하는 것은 패물과 보석이란다.

결국 돈이란 이야기 아닌가!

그러니 돈 많이 벌어야 할 역사적 사명을 띠고 태어난 인종이 남자이다.

이에 대하여 돈 없는 그 누군가는 덧붙인다.

"맞는 말일 겨. 허지만, 그보다는 따스한 말 한마디, 이것이 여자를 정복하능겨! 여자는 큰 것보다는 아주 자그마한 것에 감동하는 거거든."

"무슨 소리여? 그래도 자그마한 것 보다는 큰 거 좋아하거든."

판단은 독자에게 맡긴다.

22. 친체로의 감자

2001년 8월 5일(일)

올란타이탐보의 잣[城 성]에 올라 무너진 신전을 휘 돌아보고는 친체로로 향했다.

친체로로 가는 길은 평화롭기만 하다.

쿠즈코 북서쪽 35킬로미터 되는 곳, 해발 3,764미터에 친체로라는 도시가 있다.

친체로는 1,400년대 후반에 세운 도시라 한다.

버스 밖으로 나오니 날씨가 제법 쌀쌀하다.

친체로 호수

친체로: 퓨마의 신전

22. 친체로의 감자

도시 아래로는 저 멀리 친체로 호수가 보인다. 4,000미터가 넘는 산의 만년설이 녹아 내려 이룬 호수이다.

친체로에 세운 잉카의 사원은 퓨마의 신전이라 부르는데, 이 신전 역시 스페인의 침공자들이 부셔 버리고 1607년 그 위에 성당을 세워 놓았다.

친체로 유적 위의 성당

이곳에 남아 있는 유적들에서도 그들의 정교한 건축술을 엿볼 수 있다.

한편, 신전 앞, 그러니까 성당 앞 플라자에는 인디오들의 물물 교환 시장이 열려 있다.

피삭의 시장만큼 크지는 않으나 오늘 장이 서는 날인 모양이다.

인디오들은 모두 화려한 원색의 인디오 고유의 복장을 입고 장터에 나와 앉아 있는 것이다.

108

친체로 유적지

그렇지만 거의 파장이 되어서인지 일부 인디오들은 장을 걷고 있었고, 일부 인디오들은 관광객을 상대로 그들의 특산품인 알카파 털로 된 제품들을 들고 흥정을 한다.

특히 이곳에서 나온 감자 가루는 유명하다고 한다.

실제로 조그마한 감자들, 어렸을 적에 보았던 돼지 감자처럼 올망졸망한 작은 감자들을 땅 위에 널어놓았는데, 안내인에 따르면 일교차에 따라 녹았다 얼었다를 반복하면서 건조시켜 가루로 만든다고 한다.

잉카 사원 위에 세운 성당에서 매주 월요일, 잉카의 원주민인 인디오들은 왼쪽 좌석에 앉고, 스페인과의 혼혈족인 현재 이곳을 지배하는 메스티소는 오른 쪽에 앉아 따로 예배를 드린다고 한다.

물론 이 때 사용하는 언어는 각각 케챠말과와 스페인말이다.

22. 친체로의 감자

친체로 유적지: 시장

피삭 / 올란타이탐보 / 친체로

23. 머리가 안 좋으면 행복한 법

2001년 8월 6일(월)

쿠즈코라는 도시는 옛 잉카인의 도시이지만, 스페인 정복 이후 세워진 성당이며 플라자며 분수 등이 아름답다.

집들은 대부분 잉카인들이 세웠던 건물들이 무너진 후, 그 돌들을 가지고 담을 쌓고 그 위에 약간 붉은 황토색 지붕을 이고 있다.

쿠즈코로 돌아와 저녁은 일식집에서 먹기로 했다.

이곳 쿠즈코에도 일식집이 있고, 연어 회를 판다고 하여 오랜만에 회를 먹어보기로 한 것이다.

쿠즈코 광장의 분수

일식집에 가 보니 일본식 등을 달고 내부가 정갈한 것이 여느 일식집과 다를 바가 없다. 값이 비싼 것도 마찬가지이고.

이 집에서 먹는 연어 회도 그런 대로 먹을 만했다.

그렇지만 한국에서처럼 포식할 수는 없었다.

덤이라는 것이 없으니─.

쿠즈코 박물관

우리나라가 좋기는 좋다.

내일이면 쿠즈코를 떠나 티티카카(Titicaca) 호로 떠나는 날이다.

관광 에이전트인 마리아가 그 동안 잘 해 줘서 너무 고맙다. 호텔비도 싸게 깎아주고, 쿠즈코와 마추피추, 피삭 등 3박 4일의 여행 계획도 짜 주고.

그래서 마리아에게 티티카카 호가 있는 뿌노(Puno)로 가기 위한 교

112

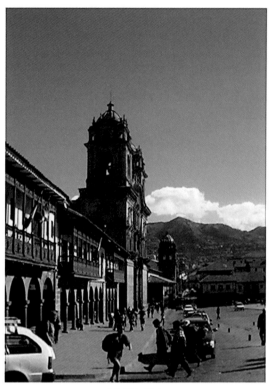
쿠즈코 성당

통편을 부탁하기로 했다.

아침 일찍 피삭으로 떠나기 전 우리를 데리러 온 마라아와 뿌노 가는 것을 간단히 상의했다.

마리아 말로는 값이 올라서 지금은 특급 기차인 잉카호가 30달러라며 버스로 가는 것이 어떠냐고 권한다.

관광버스가 일인당 25달러라고 쓰인, 이곳에 오기 전에 인터넷으로 찾아 인쇄해 놓은 자료를 보여 주며 두 사람의 내일 버스표를 예약해 줄 것을 부탁했다.

인터넷에선 기차로 11시간 걸리는데, 제일 싼 것(Economic)이 s/25(25솔리스=약 7달러), 그 다음이 특급인 풀만(Pullman)호인데 일인당 19달러이고, 제일 고급인 잉카(Inca)호는 일인당 23달러였다.

한편 버스는 보통 9시간 걸리며, 테레스테(Terreste) 터미널에서 떠나는 일반 버스가 7달러에서 12달러 선이고, 8시에 떠나는 일급 버스가

23. 머리가 안 좋으면 행복한 법

25달러이다.

일급 버스는 영어로 안내하는 안내원이 있고 점심이 포함되며, 가는 도중에 몇 군데 관광지를 들리는 값이 포함되어 있다.

열심히 일하는 그녀의 모습이 아름답다고 느껴진다.

마리아에게 고맙다고 한국에서 가져간 노리개를 선물했다.

너무 좋아하는 모습이 보기가 좋다.

그 날 오후에 마리아에게 전화가 왔는데 버스 값이 올라서 30달러라며 그래도 예약을 해 놓을까 묻는다.

"할 수 없지."라고 생각하며 부탁을 했다.

버스표를 받고 60달러를 주었다.

다음 날 아침, 아침을 먹는데 옆방의 독일에서 여행 온 34살의 처녀와 같이 앉게 되었는데 자기도 뿌노로 간다는 것이었다.

버스표를 샀는가 물었더니 25달러에 샀다고 한다. 인터넷에 나온 가격이 맞는 것이다.

"그렇다면? 마리아가 5달러를 덧붙인 것 아닌가? 어제 선물도 주었는데ㅡ. 순진하게 좋아하는 모습이 좋았는데ㅡ."

아니면, 혹시 버스가 다른 것일지도 모르겠다는 생각이 들었다.

잠시 후 마리아가 와서 버스 타는 곳까지 데려다 주고 바이 바이 하고 헤어졌는데, 버스 타는 곳에서 짐을 부치고 뒤돌아보니 옆방에 묵었던 독일 처녀가 와 있다.

결국 같은 버스인 셈이고 마리아에게 속은 것이다.

물론 에이전트로서 수수료를 받을 수는 있지만, 그것은 그렇다고 이야기를 해야지 버스 값이 올랐다고 거짓말을 하다니ㅡ.

쿠즈코: 문

그 동안의 고마움이 싹 사라지고 약간의 배신감이 든다.

그렇지만 그 동안 고맙게 해 주었으니 그 대가를 지불한 셈치고 잊어버리자.

잘 잊는 사람이 행복한 것이다.

너무 머리가 좋으면 행복할 수 없는 법이다. 좋지 못한 일, 기분 나쁜 일, 괴로운 일을 머리가 좋아서 늘 기억하고 있으면, 행복해질 수 있을까?

잘 잊는 머리를 주신 하느님께 감사한다.

내 머리가 너무 좋지 않고, 건망증이 심한 것도 하느님이 내게 주신 축복이다. 얼마나 감사할 일인가!

23. 머리가 안 좋으면 행복한 법

24. 쿠즈코에서 뿌노 가는 길: 태양의 무늬

2001년 8월 7일(화)

쿠즈코에서 뿌노로 가는 길은 하루 여정인데 가는 길에 이곳저곳 잉카 유적지를 들리며 안내원이 유적들을 안내해 준다.

가는 길이 심심하지는 않을 것이다.

버스는 안데스 산맥의 고원 지대를 달리는데 해발 3,000미터가 넘는 고지인데도 널리 펼쳐 있는 평야를 보면 신기하기도 하다.

우리나라에서는 1,000미터만 넘어도 높은 산이고 평야를 볼 수는 없

안데스 고원의 양떼

는데, 이곳은 3,000미터 넘는 곳에 드넓은 평야가 펼쳐 있으니 고원이라는 말을 실감할 수 있다.

드넓은 벌판에 가끔 가다가 조그만 촌락과 허물어진 잉카 유적들이 보이고 양떼가 한가로이 풀을 뜯는 모습도 보인다.

농사를 지을 수 있는 강이 흐르고, 비록 높은 지대이지만 열대 지역이라 그런지 풀과 나무가 자라고, 기후는 선선하니 사람들 살기에 적합한 곳이다.

사실 이보다 낮은 지역은 강이 없고 비가 내리지 않는 건조 지역이라 사막화되어 있는 것을 생각하면 이런 높은 곳에 사람들이 산다는 것은 당연한 것이다.

처음 버스가 머문 곳은 오래된 어떤 성당 앞이었는데, 성당 안에 들어가 보려면 관광료를 따로 내야 한단다. 이른 바 선택 관광인 셈이다.

밖에서 보아

잉카 유적: 태양 무늬

24. 쿠즈코에서 뿌노 가는 길: 태양의 무늬

락치 잉카 유적: 사다리꼴 모양의 창

도 보이는데-.

안내원이 설명을 해주는 값이려니 해야 할 것이다.

밖에서 성당을 사진기에 잡아넣다 보니 자갈로 된 성당 앞의 마당이
눈에 뜨인다.

성당 앞의 마당은 잉카 시대에 자갈을 박아 무늬를 만들었는데 그
무늬가 독특하다.

원형으로 깔린 자갈이 방사상으로 퍼져 나가는 무늬를 보니, 안내인
의 설명을 들으나 마나 잉카인들이 해를 숭배해서 만든 것이리라.

　　　　태양꽃 발아래서 무늬를 뽐내지만
　　　　무너져 내린 담과 기둥은 무얼하나

118

그 다음에 어디엔가 도착하여 뷔페식으로 된 점심을 먹었다.

점심을 먹은 다음 밖으로 나오니 인디오들이 알파카로 짠 덧신, 방석 등을 들고 서로 팔려고 아우성이다.

서로 경쟁을 하는 바람에 값은 엄청 싸다.

망설이던 끝에 덧신을 하나 샀는데 손을 넣어 보니 참 따뜻하다.

날씨가 찬 데도 이들은 맨발로 따라 다니면서 알파카로 기워 만든 덧신을 팔고 있는 것을 보니 안 되었다는 생각이 든다.

아아, 정녕, 인생이란 이런 것인가!

싼 데다 품질이 좋고 또 이들에게도 도움이 될 터이니 많이 사주었으면 좋겠으나, 여행에 짐이 되니 그럴 수가 없다.

그렇지만 나중에 한국에 돌아와서는 더 사올 걸 그랬다고 괜히 후회한다.

24. 쿠즈코에서 뿌노 가는 길: 태양의 무늬

25. 세월 무상, 역사 무정

2001년 8월 7일(화)

점심을 먹은 후 버스가 다시 도착한 곳이 어디인지는 지명을 적어 놓지 않아 기억은 잘 나지 않으나, 여하튼 잉카 유적이 비교적 많이 남아 있는 곳이다.

나중에 찾아보니 락치(Raqchi) 유적지이다.

입장료는 버스 값에 포함되어 있다.

버스에서 내리니 역시 인디언들이 물건을 팔려고 아우성이다.

이곳 유적은 돌과 흙으로 만든 것이 특색인데 규모가 매우 크다.

락치 잉카 유적: 신전 가운데 벽

유적지 옆에는 보리밭(밀밭인지도 모르겠다)의 누런 보리들이 출렁거리고-.

경치가 괜찮다.

이 신전은 잉카인들이 섬기는 전설상의 신인 비라코차를 기리기 위해 만든 사원인데 밑 부분의 돌로 만든 부분은 역시 지진을 이겨내기 위한 건축술로서 쿠즈코의 것과 별 다름이 없다.

이 비라코차 사원은 12-3세기에 만들었는데, 가운데에 돌로 벽을 3미터 가량 쌓고, 그 위에 흙으로 된 벽을 8-9미터 정도 쌓은 후 지붕을 갈대로 이은 것이다.

이때 가운데 벽 양쪽으로 7-8미터 되는 곳에 지름이 1-2미터 가량

락치 잉카 유적: 벽과 보리밭

25. 세월 무상, 역사 무정

비라코차 신전: 감실

의 돌기둥을 약 7-8미터 정도 쌓은 후, 그 위에 짚으로 지붕을 얹었다고 한다.

지금은 지진에 의하여 다른 부분은 다 무너지고 집 가운데 벽만 남아 있다.

남아 있는 사원 안에는 역시 밑변 0.5미터, 높이 1미터, 윗변 0.4미터 가량의 사다리꼴 감실을 만들어 놓았다.

벽을 쌓은 수법 등이 쿠즈코의 코리칸차보다는 못한 것이지만--따라서 그 이전에 세운 건축물임을 알 수 있다--역시 이들의 훌륭한 건축술을 알 수 있다.

또한 벽 양쪽으로는 지름이 1-2미터 가량의 돌기둥 흔적이 높이 1

학치 잉카 유적: 돌기둥의 잔해

미터 정도로 여기 저기 남아 있을 뿐이다.

　이 사원의 뒤편에는 귀족들이 살던 집이 비교적 그대로 남아 있고, 귀족들 집터와 사원 옆으로는 그 당시 건축한 지름 7-8미터의 돌로 만든 원형의 곡물 창고들이 놓여 있는데, 그 수가 무려 150여개나 된다고 한다.

　한편 사원과 집터 앞쪽으로는 평민들이 살던 집터가 남아 있고, 그 앞쪽 언덕 위에는 외부의 침입을 막기 위해 성을 쌓아 놓은 것이 보인다.

　사원과 집, 곡물창고를 짓기 위해 사용된 돌들은 대부분 그곳에서 얼마 떨어지지 않은 화산에서 가져온 화산석들이다.

25. 세월 무상, 역사 무정

　역시 유적을 보면, 세월의 무상(無常)함과 역사의 무정(無情)함을 알 수 있다.

　유적지를 돌아보고 나오니 인디오들이 그들의 도자기 등 수공품들을 팔고 있다.

　유적지 옆의 교회는 안으로 들어가니 허름한 것이 도시의 번쩍거리는 웅장한 교회와는 달리 가난한 시골 교회임을 여실히 보여준다.

　점심을 먹을 때, 음식이 별로 맞지 않아 맥주 한 병을 마시면서 간신히 목구멍으로 넘긴데다가, 고산증 예방을 위해 코카 차를 많이 마신 까닭인지 소변이 마려워 변소를 찾아 들어가 보니 완전히 옛날 농촌에 있던 재래식 변소이다.

학치 잉카 유적: 곡물 창고

26. 안데스 고원 도시 아야비리

2001년 8월 7일(화)

잉카 유적지를 지나 이제 버스는 3,000미터가 넘는 산과 산 사이를 지나간다.

잉카의 언어와 우리 옛말이 비슷하다는 것을 생각하며, 버스 창밖을 내다보는데 5킬로미터만 가면 아야비리(Ayaviri)라는 지역이 나온다는 입간판이 나온다.

"혹시 아야비리 역시 우리말과 같은 것이 아닐까?"라는 생각이 든다.

'아야비리'라면, '아야'가 무슨 뜻인지는 모르겠으나, '비리'는 분명 '벌판'이라는 뜻이렸다!

안데스 고원

26. 안데스 고원 도시 아야비리

안데스 고원의 산

'비리, 부루, 부리, 푸르, 불, 벌, 하라' 등은 벌판을 뜻하는 말로부터 진화하여 잣[城 성]이나 도시를 뜻하는 말이 된다.

예컨대, 백제 때의 지명 이름인 고사부리(古沙夫里: 고사벌: 지금의 전북 정읍군 고부면)나 신라 때의 지명 이름인 고량부리정(古良夫里停: 고라벌정: 지금의 충남 청양) 등이 그러하다.

외국에서도 인도와 동남아에 푸르(-pur), -포르(-pore)라는 지명이 많이 분포되어 있는데 역시 같은 말이다.

예컨대, 칸푸르(Kanpur), 람푸르(Rampur), 싱가포르(Singapore) 따위를 들 수 있다. 여기에서 싱가포르의 '싱(Sing)'은 사자라는 뜻을, '포르'는 도시라는 뜻을 가지고 있어 '사자의 도시'를 의미한다.

또한 스칸디나비아에는 '베리, 부리, 보리' 따위의 지명이 많이 남아 있다.

스웨덴, 노르웨이, 핀란드에서는 '-borg, -berg, -burg'라 쓰고, 읽기는 '-베리, -보리, -부리'라 읽는다.

예컨대, 헬싱보리(Haelsingborg), 예테보리(Goeteborg) 등이 그러하다.

이곳에 사는 래프족이 우리와 혈연 상으로나 언어 상으로 가까운 민족임을 생각할 때 이해할 수 있는 일이다.

따라서 이 같은 표기가 백인들에 의하여 성(城)을 뜻하거나 도시를 뜻하는 '-보르크(-borg), -베르크(-berg), -부르크(-burg, -bruck)'로 바

안데스 고원의 강

26. 안데스 고원 도시 아야비리

꿰었음을 쉽게 짐작할 수 있다.

예컨대, 하이델베르크(Heidelberg), 함부르크(Hamburg), 잘츠부르크(Salzburg), 인스부르크(Innsbruck) 등이 그러하다.

여기에서 잘츠부르크의 '잘츠(Salz)'는 소금을, '부르크(burg)'는 도시 또는 잣[城]을 의미하므로, 잘츠부르크는 '소금의 잣[城 성]'을 의미한다.

만약 그렇다면, 지금은 버스가 산 사이로 가지만 앞으로 5킬로미터만 가면 분명히 벌판이 나타날 것이다.

아니나 다를까, 한 5분 남짓 지나자 눈앞이 확 트이는 벌판이 나타나고 집들이 보인다.

이곳이 분명히 아야비리인 것이다.

27. 안데스 산 속의 가락국

2001년 8월 7일(화)

아야비리를 지나니 이제 부가라(Pukara)라는 도시가 있다고 이정표가 알려 준다.

안내원은 부가라에 들려 잉카의 신전 유적을 보고 뿌노로 갈 것이라고 한다.

우리 말과 케차 말과의 친연성을 생각할 때, '부가라'라는 지명 역시 우리 옛말이 아닐까? 예컨대, '밝은 가라'라는 '불가라'에서 ㄹ이 탈락하여 '부가라'가 된 것이 아닐까?

부가라

부가라 유적지

그렇다면, 우리나라 가락국의 '가라'는 물 또는 물고기라는 뜻을 띤다는데 혹시 이곳에 가면 물고기를 볼 수 있지 않을까?

이곳 인디언 말이 우리 옛말과 같은 것들이 많은데―.

인류학자 김병모(金秉模) 선생이 쓴 〈김수로 왕비 허황옥: 쌍어의 비밀〉이라는 책에서 밝힌 바에 의하면, '가라'는 '물고기, 물'이라는 뜻이라한다.

김 선생은 김해 김씨와 김해 허씨의 조상인 김수로왕과 허황옥이 어디에서 왔는지를 찾기 위하여 전설상의 아유타국을 찾아 세계 지도를 뒤져 아유타, 아유다, 아요디아, 어유타, 어유다 등으로 표기된 곳들을 탐사했는데, 놀랍게도 아유타라는 지역마다 두 마리의 물고기 무늬를 발견하였다고 한다.

곧, 김해에 있는 김수로왕의 능에는 두 마리 물고기가 조각되어 있고, 그 뒤 편 신어산의 신어사(神魚寺)에서도 두 마리의 물고기 무늬가 있으며, 허황옥이 왔다고 전하는 인도의 아유타, 태국의 아유타, 중국 양자강 유역의 보주(普州)에서도 두 마리의 물고기 무늬를 발견하였다고 한다.

참고로 보주는 지금의 사천성 안악현인데, 허 황후가 보주태후로 기록되어 있어 김 교수가 가보니, 이곳엔 지금도 허씨들이 집성촌을 이루어 살고 있다고 한다. 김해 허씨의 일가들인 셈이다.

이 책에서 김 선생은 언어학자 강길운(姜吉云) 교수의 '가야어와 드라비다어의 비교 I'이라는 논문에서 가락(Karak)은 구(舊) 드라비다어로 물고기를 뜻하는 것이고, 가야(Kaya)는 신(新) 드라비다어로 물고기라는 뜻을 알았다고 한다.

그러니 "부가라에서도 물고기를 발견할 수 있을지 모르겠다."라는 생각이 드는 것이다.

버스에서 내리자 수백 호 정도의 조그마한 촌락 앞에 부가라의 넓은 들판이 나타난다.

안내원은 우선 박물관부터 보고 유적지를 돌아보자면서 골목을 돌아 박물관으로 향한다.

이런 조그만 마을에 박물관이 있다니!

경제적으로 볼 때 너무나 못사는 나라이고 대통령이 뇌물을 받아 챙겨서 일본으로 도망간 나라라서 큰 기대를 하지는 아니하였으나, 유적지마다 박물관이 있는 것을 보면 그렇게 우습게 볼 나라는 아니라는 생각

27. 안데스 산 속의 가락국

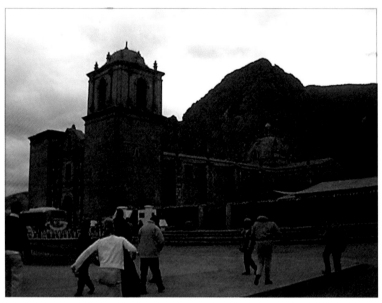

부가라의 성당

이 든다.

잉카 문명이 워낙 찬란한 문명이기 때문에 가는 곳마다 유적지와 유물들이 널려 있기 때문일 것이다.

그렇지만 그러한 유물들을 보존하고 전시하고 하는 것은 사람의 의지에 달린 일이다.

만약 백인 정복자들이 계속 지배하고 있다면 이런 유물들이 보존되고 있을까?

터키 땅에는 그리스 로마 시대의 신전과 유물이 널려 있지만, 아주 잘 보존되고 있지는 않다. 정복자인 터키인들에게는 자기 조상들의 유물이 아니니 이를 보존하고자 하는 노력이나 관심이 덜한 것이다.

　마찬가지로 백인들이 잉카를 정복하였을 당시에는 잉카의 사원을 부셔버리고 그 위에 성당을 세웠다. 잉카 문명을 파괴했을지언정 보존하려는 노력은 전혀 보이지 않는다.

　그렇지만, 세월이 흘러 정복자들이 잉카의 여인들을 취하여 남긴 그 후손들에게는 인디언의 피도 흐르는 것이다.

　메스티소에게는 백인의 피와 함께 인디언의 피가 함께 흐르는 것이다.

　잉카 여인들이 잉카의 핏줄을 보존하였기에 그나마 가능한 것 아닌가?

　이들의 국민성이 얼렁뚱땅이고 베짱이 성격이지만, 한편으로는 어머니 쪽 자기 조상들의 유물과 유적을 보존하고자 하는 마음이 살아있는 것이다.

　마음이 없으면 이루어질 수 없고, 마음이 있으면 안

잉카의 후예

되는 것이 없는 법이다.

박물관의 존재는 이들의 마음을 보여주는 증거인 것이다.

이 촌 구석의 박물관도 마찬가지이다.

비록 박물관이라고 해 봐야 정원이 달린 조그마한 집 한 채에 불과하지만, 자기 조상들의 유물과 유적을 보존하려는 노력은 이쁘고 가상하지 아니한가!

비록 초라한 몰골의 박물관이지만, 겉보기와는 달리 그 안에는 부가라의 유물들이 전시되어 있다.

가락국의 전설과 함께.

134

28. 가락의 전설들이-.

2001년 8월 7일(화)

부가라의 박물관을 들어서는 순간, 아! 역시 물고기가 눈에 뜨이는 것이다.

다듬어지지 않은 큰 비석 같은 돌의 윗부분에 물고기가 조각되어 있는 것이다.

안내원은 이 비석 같은 돌에 새겨진 세 마리의 동물을 통해 잉카인들이 가지고 있던 의식 구조를 설명한다.

그의 말에 따르면,

"이 돌의 제일 위에는 물고기가 조각되어 있습니다. 그리고 가운데에는 퓨마가 조각되어 있고, 제일 밑에는 뱀이 조각되어 있는데, 이것을 통해 잉카인들의 세계관을 알 수 있습니다.

제일 위에 새겨진 물고기는 영혼의 세계, 정신의 세계, 천당의 세계를 뜻하고, 가운데 퓨마는 권력의 세계, 현실의 세계를 의미하며, 제일 밑의 뱀은 죽음의 세계, 저승의 세계를 뜻합니다.

잉카인들은 이와 같이 세 개의 세계관을 가지고 있었습니다."

물이나 물고기가 신화학적으로 영혼 또는 정신의 세계를 뜻한다는 것은 우리말에서도 증명된다.

정신을 뜻하는 우리말이 '얼'이며, '얼'이라는 말이 물을 의미하는 '아리, 우르, 알'등과 같은 말임을 볼 때, 물이나 물고기가 정신을 의미하는 것은 당연하지 않은가!

말뿐만 아니라 그들의 정신세계까지도 어찌 이리 우리와 똑 같단 말

28. 가락의 전설들이-.

인가!

참고로 우리말로 물을 뜻하는 말은 세 가지이다. 곧, '알, 아리, 우르, 울, 얼' 등 '알' 계통의 말과, '골, 갈, 가라' 등의 '갈' 계통의 말 및 '미, 미르, 물' 등의 '물' 계통의 말이 그것이다.

'알'은 한강을 '아리수(阿利水)'라 쓴 데에서도 볼 수 있으며, '골'은 골짜기 등에서, '갈'은 갈대(물에서 자라는 대나무)나 갈매기(물에 사는 매) 등에서 물의 의미를 가지고 있음을 유추할 수 있다.

이때 갈매기의 '기'는 비둘기, 기러기, 해오라기, 뻐꾸기, 따오기, 까마귀, 개똥지빠귀 등에서 볼 수 있듯이 '새'를 지칭하는 꼬리말이다.

박물관 내에서는 사진 촬영이 금지되어 있어 사진을 찍을 수 없는 것이 유감이다.

눈으로만 물고

부가라 박물관 정원의 물고기

기를 확인하고 나오는데 30평 정도의 박물관 밖 정원에서도 태양을 향한 물고기 조각이 눈에 확 뜨인다.

정원 여기저기에도 돌로 된 조각들이 널려 있는데 그 가운데 물고기를 새겨 놓은 돌이 확 눈에 들어오는 거였다.

1.8미터 정도의 높이에 6-70센티미터 정도의 폭을 가진 돌 위에 태양과 함께 물고기가 새겨져 있는 것이다.

> 안데스 깊은 산 속 가락의 전설들이
> 물고기 앞세워서 나그넬 부른다네
> 잊혀진 찬란한 역사 밝혀보면 어떨까

역시 관심이 있어야 보이는 법이다.

그러니 부가라는 가락국의 하나임이 분명할 것이다.

3,500미터의 이 안데스 산 속에 가락국이 있다니!

> 태양을 향한 마음 언제나 같을진대
> 세월은 어이하여 모든 걸 잊었는가
> 물고기 그 증거이니 거북이도 있을 터

먼 옛날 메소포타미아, 인도, 태국, 김해의 가락국과 이곳을 엮어서 대 서사시를 지어낸다면-, 아마도 수호지, 삼국지를 능가하는 스케일의 소설이 될 것이다.

소설은 앞으로 은퇴 후에 쓸 수 있을 것이니 자료나 모아 놓아야겠다.

한편, 정원 저쪽에는 큰 돌 하나가 놓여 있는데, 안내원의 설명에 따르면 두꺼비라 한다.

28. 가락의 전설들이-.

두꺼비인가?

그렇지만 내 눈에는 두꺼비가 아니라 거북이 같다.

어쩌다 이 산속에 가락국 세워 놓고
구지가 전설 따라 거북을 새겼는데
세월은 거북이 보고 두꺼비라 우기네

이 돌을 보는 순간 혹시 이곳에도 구지가(龜指歌)의 전설이 있을지 모르겠다는 생각이 언뜻 스친다.

만약 이 마을의 촌로들을 찾아 이곳의 전설을 채집한다면 틀림없이 구지가의 전설을 채집할 수 있을 것만 같다.

시간이 많다면 이곳에 남아 잉카 말을 배우고 이러한 것들을 캐냈으면 싶다. 우리말과의 연관성을 캐보고, 전설을 채집하여 비교해 보면 참으로 재미있을 텐데-. 좋은 논문거리도 나올 것이고-.

그렇지만, 내가 인류학자도 아니고 언어학자도 아닌데-.

비전문가인 나그네의 처지에선 우리나라의 국어학자나 인류학자들에게 숙제로 남겨 놓을 수밖에 없다.

그러니 관심이 있는 국어학자나 인류학자가 이 글을 보신다면, 이곳 안데스 산 속의 부가라를 방문하여 '부가라'라는 말과 물고기의 관계를 꼭 연구해주실 것을 간곡히 부탁한다.

28. 가락의 전설들이-.

29. 부가라의 유적과 소 숭배

2001년 8월 7일(화)

잉카 제국의 유적 중 대표적인 것은 신전인데, 신전은 하늘의 신인 태양의 신과 땅의 신을 받들기 위해 만들어진 것이다. 음양을 대표하는 신전이라 할 수 있다.

부가라의 신전들은 다 무너지고 밑 부분만 일부 남아 있으나, 다른 지역의 유적지와는 다르게 그 위에 성당을 세우지 아니한 것이 오히려 다행스럽다.

그렇지만, 신전 터에 남아 있는 주춧돌만 보니 역사가 허무해지는 것은 어쩔 수 없다.

한편, 부가라 시내에는 이들이 농사를 지었다는 것을 증명하듯이 소와 치차를 담는 항아리를 흙으로 빚은 동상이 서 있다.

여기에서 치자는 옥수수로 빚은 막걸리 같은 술로서 잉카인들이 제사 지낼 때 사용하였

부가라 신전 유적

140

는데, 잉카인들은 이 술을 매우 신성시하였다고 한다.

무엇을 말하는가 흘러간 저 세월은
옥수수 막걸리는 아직도 남았는데
잔 들어 바치고 싶은 태양신은 없구나

세월을 곱게 빚어 항아리 담았는데
잉카는 어디 가고 십자가 남았는가
남겨진 주춧돌만이 그 세월을 못 잊네

　이들 동상은 잉카인들의 집 지붕 위에 치자를 넣는 항아리와 소, 그리고 가톨릭의 영향을 받은 십자가를 흙으로 빚어 올려놓은 것을 생각나게 한다.

　십자가야 나중에 가톨릭이 들어온 뒤에 생긴 것이겠으나 항아리와

부가랴: 소와 치자를 담는 항아리

29. 부가라의 유적과 소 숭배

소는 이들이 신성시한 그들만의 고유 민속이었을 것임을 짐작하기 어렵지 않다.

흙으로 빚은 소는 그들이 소를 토템으로 하는 부족이었음을 암시해 주는 것일지도 모르고-. 아니면, 농사를 짓고 살았던 만큼 소를 신성시하였기 때문일 것이다.

이런 점에서도 소를 신성시했던 우리 민족과 전혀 연관성이 없지는 않을 것 같다.

소와 항아리

우리나라의 마을 이름에는 소머리촌(牛首村: 새말, 쇠말) 등이 있고, 각간(角干: 뿔칸), 대각간(大角干: 한뿔칸), 서불한(舒弗邯: 쇠뿔칸, 새뿔칸) 등의 신라 시대 벼슬 이름을 볼 때 소를 신성시하였음을 알 수 있다. 곧, 소의 뿔을 가지고 벼슬 이름을 삼았다.

뿌노 / 아만타니 / 추쿠이토

30. 뿌노에서의 일정

2001년 8월 7일(화)

부가라를 뒤로 하고 뿌노(Puno)에 도작한 것은 컴컴해진 저녁 8시 경이었다.

뿌노는 뿌노라는 주(州)의 수도이며 인구는 약 8만 명 정도이다.

비록 도시는 조그맣고 지저분하고 낡았어도 해발 12,421피트(약 3,730미터)에 위치한 저 유명한 티티카카 호의 호수 가에 위치하고 있기 때문에 관광할 거리가 많은 도시이다.

낮에는 매우 더우나 밤에는 쌀쌀하다. 낮에는 자외선이 많은 곳이라서 자외선 차단 크림을 바르는 것이 좋다.

이 도시와 이 도시 주변은 아이마라(Aymara) 문명의 요람이며 전설상으로 잉카 문명의 탄생지로서 볼거리가 많다.

버스에서 내려 호텔을 찾아야겠다고 생각하는데 도둑놈처럼 우락부락하게 생긴 젊은이가 와서 나를 찾는다.

쿠즈코의 관광 안내원인 마리아가 연락해 놓겠다고 한 젊은이인 모양이다.

마리아에게 바가지 쓴 것을 생각하면 별로 마음이 내키지는 않았으나 벌써 캄캄하고 약간의 가랑비가 내리는데 우리끼리 호텔을 찾아나서기도 난망하여 망설이고 있는데, 이 젊은이 우리 가방을 번쩍 들더니 자기 차에 태우고 타라고 재촉한다.

자기 이름은 레퍼드라고 자기소개를 하는데 생긴 것보다 밉상이지는 않다.

하루에 30달러 하는 호텔로 들어가 방을 둘러보니 뜨거운 물도 나오고 그런대로 깔끔하다.

그냥 소개 해 준 대로 머물기로 하였다.

우선 배가 고프니 저녁 먹을 곳이 필요하다.

호텔을 나와 시내로 나왔다. 시내 이곳저곳 골목길을 기웃거리다가 중국 음식점에 들어간다.

들어가 보니 한자로 쓴 낯익은 술들이 놓여 있다. 배갈 같은 술 한 잔과 요리를 시켜 맛있게 저녁을 먹는다.

저녁을 먹고 돌아오니 호텔에선 안내원인 레퍼드가 기다리고 있다가

티티카카 호에서 본 뿌노 시내

뿌노 / 아만타니 / 추쿠이토

티티카카호의 우로스 섬

내일 어디 갈 것인가를 묻는다.

이곳 뿌노에서는 티티카카 호의 우로스 섬을 보고 근처 유적들을 보아야 한다는데 아직 일정한 계획이 없어 상의를 하니, 아침 8시에 우로스 섬엘 갔다가 아만타니 섬의 인디언 마을에서 일박하고, 그 다음 날아침에 데킬레 섬엘 갔다가 점심을 먹고 돌아오는 일박 이일 관광 프로그램이 일인당 30달러라면서 권한다.

일박 이일 코스에 가는 날의 점심, 저녁, 오는 날의 아침, 점심을 해결할 수 있다니 싸기는 엄청 싸다.

그렇지만 인디언 마을에서의 일박은 호텔처럼 시설이 좋지는 않겠지만 이 낯선 곳에 와서 민박도 해볼 만한 경험 아닌가? 하루 정도 불편하더라도 그냥 이 호텔에서 하루 묵어도 30달러인데-.

그렇지만, 마리아에게 속은 것이 생각나 5달러를 깎아 주내와 나, 두 사람 분 50달러에 낙착을 보았다.

레퍼드는 내일 아침 7시 30분 쯤 우리를 데리러 오기로 하고.

이곳에서의 여정은 자연스레 우로스 섬, 아만타니 섬, 데킬레 섬 등 티티카카호의 섬을 둘러보며 인디언의 생활을 체험하는 것--실제는 체험이 아니라 민박 정도지만—으로 정해진 것이다.

그 다음은 인근의 인디언 유적을 보고, 그리고 아레키파로 떠나면 된다.

31. 티티카카호: 갈대로 엮은 섬 우로스의 비밀

2001년 8월 8일(수)

아침 일찍 일어나 호텔에서 주는 식사를 하려 하는데, 레퍼드가 벌써
와서 기다리고 있다.

식사 후 호텔에 짐을 맡기고, 간단히 돈과 세면도구만 챙겨 레퍼드의
차를 타고 항구로 향했다.

항구에는 빵과 과자, 과일 같은 것을 파는 가게들이 늘어서 있다.

레퍼드는 민박할 때 그 집 아이들에게 빵이나 과자 같은 것을 사다
주면 좋아한다면서 많이 살 필요는 없고 조금만 사면 된다며 우리보고

티티카카호의 우로스 섬

31. 티티카카호: 갈대로 엮은 섬 우로스의 비밀

먹을 것을 조금 사오라고 한다.

그것도 좋은 일이다 싶어 먹을 것을 좀 샀다.

우리나라에서도 흔히 볼 수 있는 유람선처럼 생긴 배에 올라타라고 하면서 그 배의 여행 안내원에게 우리를 인계해 준다.

배에는 관광객들이 약 30명 정도 앉아 있다.

뱃머리에 앉아 티티카카(Titicaca) 호의 물살을 가르고 지나가는데, 안내원이 호수 저 건너편을 가리키며 저 곳이 볼리비아라고 한다.

티티카카 호는 세계에서 제일 높은 곳(해발 3,800미터)에 위치한 호수로서 매우 넓어 마치 바다 같다.

그러나 저쪽 수평선 너머로 흰 눈을 이고 있는 5,100미터의 높은 산이 보이긴 하는데 그 곳이 볼리비아라는 것이다.

볼리비아와 페루는 그러니까 티티카카 호를 경계로 삼아 이웃하고 있는 것이다.

'티티카카' 호의 '티티'는 퓨마, 곧 범을 말하고, '카카'는 회색을 의미한다고 한다. 따라서 '티티카카'는 '회색의 범'이라는 뜻을 가지고 있다.

길이는 남북으로 약 195킬로미터이고, 폭은 동서로 65킬로미터에 달하며, 깊이는 보통 2미터에서 20미터이지만, 제일 깊은 곳은 270미터라 한다.

이곳에는 라밍고(메기), 이스피, 가라치 등 7종의 고기가 살고 있으며, 45종류의 새들이 있다고 한다. 또한 30-35센티미터 되는 개구리도 산다고 하는데 보지는 못했다.

우리가 오늘 가는 섬이 우로스라면, 우로스의 뜻 역시 우리말을 유추하면 나오지 않을까라는 생각이 든다.

뿌노 / 아만타니 / 추쿠이토

'우로'는 우르밤바의 '우르'와 마찬가지로 물이라는 뜻일 거고, 그렇다면 '스'가 무엇일까?

'우로, 우르'가 우리 옛말 '아리'와 같다면, '스' 역시 우리 옛말에 남아 있을 텐데-.

'스, 수, 서, 새' 하다가, 문득 머리에 떠오르는 것이 '풀'을 의미하는 것은 아닐까라는 생각이 언뜻 머리를 스친다.

우리말로 '새'는 날아다니는 새를 의미하기도 하고, 동쪽을 의미하기도 하며, 풀을 의미하기도 한다. 억새의 '새'가 바로 그러하다.

새(草 초)라는 말은 얼마 전 까지만 해도 우리의 농촌의 일상생활에서 사용된 말이었는데, 지금은 거의 쓰이지 않는다.

우로스 섬의 갈대

31. 티티카카호: 갈대로 엮은 섬 우로스의 비밀

우로스 섬

"아, 아, 으악새 슬피 우는 가을인가요."라는 가요가 있는데, 이때의
으악새는 억새를 말한다.

따라서 요새 젊은이들은 '으악새 슬피 우는'이라는 노래를 들으면, 으
악새라는 새[鳥 조]가 우짖는 것으로 알지만, 억새가 바람에 흔들리며 내
는 소리를 슬피 운다고 표현했을 뿐 날아다니는 새와는 전혀 관계가 없
다.

그렇다면 '우로스'의 의미는 '물풀'이고, 물풀이라면, 갈대 아니겠는가?

안내원에게 '우로스'의 의미를 물어보니 역시 나의 생각이 들어맞았
다.

'우로스'는 갈대를 의미하며, 섬의 이름을 '우로스'라고 지은 것은 갈

대로 엮은 섬이기 때문이라는 것이다.

여기에서도 우리말의 파편을 찾을 수 있다니!

분명 잉카인들과 우리 민족과는 혈연적으로 아니 적어도 언어상으로는 매우 가까운 민족일 것이다.

안내원은 깜짝 놀라며 "어찌 그걸 알았냐?"고 묻는다.

그러더니 마이크를 잡는다.

"가 보면 알지만, 우로스는 갈대를 묶어서 그것을 물 위에 띄어 놓은 인공 섬입니다.

수심은 약 4-5미터인데, 비가 오거나, 바람이 불면 섬이 이리 저리 떠내려가니까 섬 한 가운데에는 장대를 물속의 땅 깊숙이 꽂아 놓았지요.

물론 갈대를 엮어서 띄어 놓았지만, 물속에 있는 갈대가 썩기 때문에 3주에 한 번씩 다시 갈대를 베어서 묶어 서로 엮어 그것을 위에다 깐답니다."

32. 우로스의 생활

2001년 8월 8일(수)

약 3시간 걸려 도착해 보니, 안내인의 말 그대로 티티카카 호의 우로스 섬은 물 위에 떠 있는 갈대로 엮은 아름다운 섬으로서, 여기에서는 인디언들이 아직도 옛날 방식으로 티티카카 호에 의지하여 살아가고 있다.

곧, 이곳에서는 갈대로 엮은 집을 짓고, 닭과 돼지를 키우며, 갈대로 만든 배를 타고 고기도 잡으면서 살아간다.

비록 요새는 집에서 만든 수공예품들을 가지고 나와 관광객에게 팔기도 하지만—.

우로스 섬의 생활

뿌노 / 아만타니 / 추쿠이토

섬에 오르니, 푹신푹신 한 것이 마치 쿠션 위에 올라와 있는 것 같다. 이리 구르고 저리 구르고 걷다 보니 잘못하면 넘어질 것 같다.

역시 섬 한 가운데에는 긴 장대가 꽂혀 있고, 그 장대를 중심으로 약 4-5미터 높이에는 사방을 조망할 수 있도록 일종의 원두막 비슷한 게 설치되어 있으며, 그곳을 올라갈 수 있도록 앞뒤에 사다리가 받쳐져 있다.

섬의 가장자리 쪽으로는 갈대로 엮은 조그마한 집들이 빙 둘러져 있고, 섬의 가운데에는 광장인데 잉카 인디언들 20여명이 둥글게 앉아 수공예품을 팔고 있다.

집 뒤로 돌아가 보니 호수에서 잡은 생선을 포를 떠서 말리기 위해

우로스 섬에 널어놓은 생선

32. 우로스의 생활

퓨마의 머리를 한 갈대로 엮은 배

널어놓은 것이 보인다. 그 주위로 돼지와 닭들이 돌아다닌다.

이런 좁은 인공 섬 위에서도 돼지를 키우고 닭을 키우다니! 신기하기만 하다.

우로스 섬은 크기가 초등학교 운동장만한--어쩌면 그것보다 더 적을지도 모른다-- 세 개의 조그만 섬으로 이루어져 있는데, 섬과 섬 사이를 오갈 때에는 갈대로 만든 배를 사용한다.

이 배는 뱃머리가 뱀이나 퓨마의 형태를 띠고 있다. 배도 참 아름답다.

얼마인가 주면 배를 탈 수 있다고 하여 배를 탔더니, 옆에 있는 섬으로 데려다 주고는 30분 후에, 아만타니 섬으로 갈 우리 배(유람선 같

154

우로스의 홍학

이 생긴 배)가 올 것이라며 그걸 타라고 하고는 온 곳으로 되돌아간다.

한 바퀴 휘 돌아 보는데, 저쪽 편에 홍학 한 마리가 날아와 한 쪽 다리를 접은 채 졸고 있다.

행여 날아갈까 살금살금 다가가 사진기에 잡아넣었다.

호수를 배경으로 경치도 그만이고, 공기도 맑고, 참으로 아름다운 곳이다.

가장 평화로운 곳이기도 하고-.

이곳만큼은 남미 여행 중 가장 잊을 수 없는 곳이리라.

32. 우로스의 생활

33. 아만타니 섬: 이들은 쥐를 키우고 잡아먹는다?

2001년 8월 8일(수)

아름다운 섬, 우로스를 떠나 아만타니 섬에 이르니 부두에는 인디언 처녀들이 약 30여명 예쁜 인디언 고유 복장을 하고 나와 우리를 맞이하고 있다.

배에서 내려 보니 처녀들뿐만 아니라 할머니도 끼어 있기는 하다.

안내원 말인즉, 오늘 밤 민박해야 할 집에서 마중 나온 사람들이란다.

안내원이 배에서 내리는 사람들 이름을 하나씩 호명하면서 마중 나온 처녀들과 짝을 지워 준다.

주내와 나는 덩치는 조금 크지만 예쁘고 순박하게 생긴 처녀의 안내를 받아 그녀의 집으로 갔다. 배에서 만난 미국 청년들 셋은 길 건너 저쪽 집으로 가고-.

민박집에 가니 이층으로 안내한다.

들어가 보니 욕실은 없지만 깨끗한 침대와 식탁이 있다.

가만히 생각해 보니 여기 올 때 30달러를 25달러에 깎은 것이 못내 마음에 걸린다.

25달러 가운데 이들에게 얼마나 줄까?

우리에게 이 프로그램을 소개한 관광 에이전트, 배를 운항한 선장, 그리고 배에서부터 1박 2일 동안 관광을 안내해주는 관광 안내원, 그리고 이러한 여행 프로그램을 기획한 여행사, 그리고 인디언 민박집이 25달러를 논아야 하니, 아마도 약 5달러 정도나 돌아갈까?

뿌노 / 아만타니 / 추쿠이토

인디언 처녀에게 사 가지고 온 빵과 사탕을 동생들 주라고 건네주었다.

아래 층 마당으로 내려가니 올망졸망한 아이들이 우리를 보고 집 안으로 숨는다.

가족을 소개해 주는데, 아버지, 어머니, 그리고 할머니, 동생들 셋 그렇게 산다.

인디언 처녀는 말이 통하지 않으니 손짓 발짓으로 기다리란다. 곧 밥을 지어 오겠다는 신호이다.

점심시간이 훨씬 지나 2시 가까이 되니 배가 고프기도 하다.

잠시 후 식사를 가져오는데 우리나라에서 먹는 차진 쌀밥은 아니지

아만타니 섬에서 본 티티카카 호

33. 아만타니 섬: 이들은 쥐를 키우고 잡아먹는다?

만 그런대로 먹을 만한 쌀밥에 감자국을 끓여가지고 왔는데 카레를 넣어 카레 냄새가 강하게 코를 찌른다.

본디 카레를 좋아하지 않는 편, 아니 솔직하게 카레 냄새를 싫어하는 편이어서, 국은 손을 못 대고 먹을 수가 없었다.

인디언 처녀--이름을 잊어 버렸다--가 오기에 저녁에는 카레를 넣지 말고 감자국을 끓여 달라고 역시 몸짓 언어를 사용할 수밖에 없었다.

먹는 둥 마는 둥 하면서 생각은 이런 줄 알았으면 빵 하나라도 남겨 놓을 걸 그랬다 싶다.

인디언 처녀와는 간신히 대화가 통했나 했더니, 고맙게도 감자국을 다시 끓여 가지고 오는 것이었다.

저녁때나 그렇게 주면 되는데 아마 지금 그렇게 달라고 한 줄 아는 모양이다.

여하튼 고맙게 먹었다.

오늘 일정은 점심을 먹은 후 잠시 쉰 다음, 4시에 민박집에서 나와 해발 4,200미터의 산 정상에 있는 신전으로 올라가서, 신전과 일몰을 보고 내려와 저녁을 먹은 후 마을의 학교에 8시까지 모여 디스코를 추는 것으로 관광 일정이 짜여 있다.

점심을 먹은 후 밖으로 나와 둘러보니 집 앞으로는 평화로운 풍경의 바다가 놓여 있고 산비탈을 일구어 놓은 들판에는 돼지와 양, 닭들이 돌아다닌다.

우리에 가두어 놓지 않고 방목하는 것이어서, 잡아먹으면 맛있겠다는 생각이 든다.

이렇게 평화로운 풍경 속에서 "잡아먹으면 맛있겠다."는 생각이 든다

뿌노 / 아만타니 / 추쿠이토

니, 아직도 속물이구나 싶다.

생명의 존재란 참 어이없는 것이다. 살기 위해 먹어야 하고, 먹기 위해 죽여야 하고, 그렇게 생이 이어지는 것이다. 그러다가 어느 한순간에 자신의 생도 마감되는 것이다.

이들에게는 미안한 마음이지만, 어쩔 수 없는 것이다.

바람은 조금 쌀쌀한 편인데 주내가 부엌을 들여다보더니 깜짝 놀라 나에게 달려온다. 아마도 부엌살림이 궁금해서 들여다 본 모양인데-.

"여보, 쥐가 있어요, 큰 쥐가. 그것도 세 마리나! 아마도 이들은 쥐를 키우는 모양이어요."

손으로 부엌을 가리키며 난리다.

부엌으로 들어가 보니 아궁이에는 점심 요리를 한 후 꺼지지 않은 잔불이 남아 있고, 따뜻한 그 근처에 토끼만한 쥐가 세 마리 모여 무엇인가를 먹는다.

내가 다가가도 도망갈 생각을 안 한다.

나도 놀라 밖으로 나온다.

잠시 후, 인디언 처녀가 우리를 안내해 산을 오른다.

티티카카 호수가 3,800미터이니, 지금 이 자리가 적어도 3,900미터가 넘는 곳이다.

워낙 높은 곳이라서 조금만 올라도 숨이 차오른다.

천천히 걷는데 길 건너 쪽으로 갔던 미국 청년들 셋이서 희희덕거리며 나온다.

우릴 보더니 점심 잘 먹었냐며 자기들이 작은 양을 한 마리 잡아 놓으라고 했으니 저녁 때 와서 같이 먹자고 한다.

33. 아만타니 섬: 이들은 쥐를 키우고 잡아먹는다?

내가 "여기에서는 쥐를 키우는 모양이지요?" 하면서 부엌에서 본 쥐 이야기를 하니까, 이 청년 이야기가 그것은 쥐가 아니라 기니아 돼지 (guinea pig)란다. 그러면서 아주 맛있다고 한다.

유럽에서도 기니아 돼지를 먹는데 단지 잔뼈가 많아 발라 먹기가 귀찮기는 하지만 맛있다는 것이다.

그러면서 기니아 돼지는 값이 비싸기 때문에 이 사람들이 키우기는 하지만 크리스마스 때나 한 마리 잡아먹는다고 한다.

그러더니 이따 자기들 민박집으로 놀러 오라며 재차 권한다.

양뿐 아니라 기니아 돼지도 한 마리 잡아 놓으라고 했으니 와서 맛을 보라는 것이다.

아만타니 섬에서 본 몰리비아 설산

뿌노 / 아만타니 / 추쿠이토

160

자기들 셋이서 먹기에는 양이 너무 많지만 그 집 식구들과 같이 먹으려고 잡아 달라고 했다는 것이다.

일찍이 기니아 돼지 효과(Guinea pig effect)라는 것을 책에서 보았지만, 실제로 어떻게 생긴 동물인지는 몰랐는데 오늘에야 실제 보게 된 것이다.

기니아 돼지 효과란 사람을 대상으로 실험할 때 피실험자 자신이 실험 대상이 된다는 사실을 알고 있기 때문에 실험 결과에 영향을 미치게 되는데, 이때의 영향을 말한다.

따라서 기니아 돼지 효과 때문에 실험 결과의 타당성은 떨어지므로 사람을 대상으로 실험하기는 어렵다는 것이다.

이러한 영향을 가리켜 "기니아 돼지 효과"라고 이름부친 것은 기니아 돼지가 그렇게 영리하기 때문이다.

애완용으로 키우기도 한다는 말을 들은 것 같기도 하고, 그저 모르모트처럼 실험실에서 쓰이는, 남미 브라질 북쪽의 기니아에만 사는 조그만 돼지처럼 생긴 동물일거라고 상상해왔는데 쥐를 닮다니!

아니 영락없이 토끼만한 집 쥐였다.

"기니아 쥐라고 하지, 왜 기니아 피그라고 이름을 붙였는지 모르겠다."면서 그 이유를 물었더니 그것은 자기도 모른다면서 "맛있다"는 것만 강조하며 입맛을 쩍쩍 다신다.

정말 맛이 있을까?

33. 아만타니 섬: 이들은 쥐를 키우고 잡아먹는다?

34. 잉카의 처녀와 디스코를!

2001년 8월 8일(수)

주내에게 기니아 돼지 먹으러 갈까 물었더니 고개를 절레절레 흔들며 끔찍해 한다.

천천히 쉬엄쉬엄 산에 오르니 바다로 떨어지는 낙조가 일품이다.

산 위에는 돌로 쌓은 신전이 있으나 쿠즈코의 신전처럼 그렇게 감명 깊지는 않고 그저 시골에서 쌓은 신전처럼 그저 그렇다.

아만타니 섬 정상에 있는 이곳 신전에는 신성한 빛을 상징하는 파차타타, 농익은 대지를 나타내는 파차마마, 그리고 신성한 물인 마마코차 등 티티카카의 3대 정령이 서려 있는 곳이라 한다.

아만타니 섬의 파차타타 신전

뿌노 / 아만타니 / 추쿠이토

162

산 위까지 오르는 길은 옆에 돌을 모아 돌담을 쌓아 놓았고, 그 뒤편 아래로는 구불구불한 계단밭이 펼쳐 있고 바다로부터 불어오는 바람은 칼날처럼 차다.

신전은 양쪽 산마루에 세워졌는데, 오늘 올라온 곳이 해발 4,050미터에 위치한 파차타타 신전이다.

파차타타는 해의 아버지(father of sun)라는 뜻이라 한다. 곧, 하늘의 신, 해의 신이다.

맞은 편 산봉우리에는 파차마마 신전이 서 있다.

파차마마는 "땅의 어머니(mother of earth)라는 뜻으로 땅의 신이다.

매년 1월 20일 의식을 거행한다고 한다.

또한 6월 21일에는 태양의 축제가 벌어진다고 한다.

안내원으로부터 대충 신전에 관한 이야기를 듣는 둥 마는 둥하고는 산을 내려오는데 길 옆 돌담 위에는 잉카 인디언들이 앉아서 알파카로 짠 방석, 덧신 등을 판다.

자기들은 맨발이면서도 추위를 모르는 모양이다. 방석을 몇 개 선물로 사서 품에 안으니 정말 따뜻하다.

벌써 해는 내리고 컴컴해진다.

산을 오를 때 모인 장소에 이르자 안내인이 "8시에 학교 운동장으로 꼭 오세요. 디스코 파티가 있습니다."라고 크게 외친다.

인디언 처녀의 안내를 받아가며 집에 돌아와 저녁을 먹고 잠깐 있으니 바로 여덟 시가 다 되어 간다.

주내와 함께 앉아 있는데, 인디언 처녀가 새 인디언 고유 옷으로 갈아입고 우리보고 학교에 가자고 한다.

이것도 관광이니 놓칠 수야 없지 않은가!

주내와 함께 인디언 처녀를 따라가는데 너무 캄캄하여 밭이랑 사이로 난 길을 손전등을 비추면서 학교에 도착했다.

처녀의 안내로 강당 같은 곳으로

아만타니 섬; 낙조

들어서니 저쪽 편에는 인디언 청년들이 악기를 들고 연주하고 있다. 기타, 피리, 그리고 생황(笙簧)과 같은 악기--이름을 물었는데 적어 놓질 않아 잊어버렸다--를 불며 흥을 돋운다.

생황이라는 악기는 봉황의 소리를 내기 위하여 만든 악기로서 옛날 우리 민족(동이족)이 사용했다는 것인데, 짧고 긴 대나무를 여러 개 붙여서 만든 악기이다.

생황은 이미 삼국 시대부터 고구려, 백제, 신라에 모두 있었다.

신라 성덕왕 24년에 이룩된 봉덕사의 범종, 상원사의 동종, 경북 문

아만타니 섬: 돌담

경 봉암사의 지증대사 적조탑신 등에 이 종류의 악기가 부각되어 있다.

한 옆에는 맥주와 음료수가 놓여 있고, 연주자 오른쪽 벽으로는 안내를 해온 인디언 처녀들이 죽 서 있고 그 맞은편 벽 쪽에는 관광객들이 서 있다.

인디언 처녀들이 먼저 나와 춤을 추기 시작한다.

그러더니 어느새 관광객들 앞에 와서 한 사람씩 끌어내는 것이다.

함께 어울려 한바탕의 춤이 시작된 것이다.

밑바닥은 흙이어서 흙먼지가 조금씩 나는데, 그럼에도 불구하고 흥겹다.

한참 구경하다 춤추다 그러다가 집으로 돌아가려 하니 우리를 안내

34. 잉카의 처녀와 디스코를!

해 온 처녀가 다시 길잡이가 되어 집까지 안내해 준다.

막 창고에서 나오는데, 아까 본 미국 청년들을 만났다. 이 녀석들 이를 쑤시며 들어오다가 우리를 보고,

"왜 기니아 피그 먹으러 안 왔느냐?"

고 묻는다.

"맛있는데……."

"어찌되었든 고맙다."

그리고는 집으로 돌아온다.

우리를 데려다 준 처녀는 여동생과 함께 다시 학교로 간다. 밤 새 춤추고 놀겠다는 것이다.

이를 보면 잉카인들도 우리처럼 춤과 노래를 즐기는 사람들인 모양이다.

비록 얼굴은 자외선에 노출되어 우리보다 까맣지만 생김새는 우리와 같다. 몽골반점이 있는 것도 그러하다.

그리고 음악에도 옛 우리 조상들이 썼던 생황과 같은 악기를 이들이 쓰고 있다.

또한 우리 옛말과 이들이 쓰는 잉카 언어가 닮았으며 이들의 전설도 우리와 비슷하다.

새, 소, 범 등을 섬기는 것 역시 공통적이다.

또한 박물관에서 본 상투 튼 모습 등은, 이런 저런 점에서 볼 때, 아메리카 인디언들이 빙하기 때 알라스카를 거쳐 신대륙을 개척한, 그리고 그 위에 새로운 문명과 문화를 건설한 옛 동이족의 일파일 것으로 추측한다.

뿌노 / 아만타니 / 추쿠이토

35. 트랜지스터 라디오가 중매쟁이?

2001년 8월 8일(수)

아만타니 섬은 해발 3,800미터의 티티카카 호에 있는 조그마한 섬으로서 잉카 인디언들이 사는데, 주 산업은 농업이며, 어업과 의류업도 겸하고 있다.

집에서는 케챠어(잉카 인디언 말)를 쓰지만 학교에서는 스페인어를 사용한다고 한다.

잉카인들의 결혼 풍습은 처녀 총각이 눈이 맞아 애기를 배면 결혼을 시킨다.

아만타니 처녀 총각들이 사랑을 나누는 곳

보통 총각들이 트랜지스터 라디오를 가지고 국제 음악을 틀어 놓고 밭둑에 앉아서 잉카의 처녀들을 유혹한다.

서로 마음에 들면 라디오를 들고 산으로 들어가거나, 보리밭으로 들어가 사랑을 나눈다.

트랜지스터 라디오가 중매쟁이 역할을 하는 자유연애 결혼인 셈이다. 부부의 인연을 맺어주는 마담뚜가 트랜지스터 라디오 안에 있는 셈이다.

어찌되었든 잉카의 처녀 총각들은 트래지스터 라디오에 감사할 줄 알아야 한다.

이들이 애기를 배면 결혼을 시키고, 신랑 신부 부모가 이들이 살 집을 공동으로 지어 준다. 그리고 행복하게 애 낳고 산다.

그런데 최근에는 결혼 한 후 리마로 떠나는 젊은이들이 많다고 한다.

처녀는 임신했는데 남자는 리마로 떠나 돌아오지 않고 새 색시를 얻어 리마에서 눌러 붙는 경우도 있다고 한다.

여하튼 고약한 놈들은 어디에나 다 있는 모양이다. 순진한 처녀, 애 배게 해 놓고 지는 딴 여지를 얻다니!

도시를 동경하여 대처로 나가보니 뺀지르르한 여자들이 많이 눈에 띄었을 것이고, 꾀죄죄한 촌색시만 보다가 도시의 뺀지르르한 여자를 보니 눈이 뒤집힌 것일 게다.

겉보다 속을 보라고 그렇게 일렀건만, 보이는 것만이 진실이 아니라고 누누이 일렀건만, 마음이 옆으로 새는 데야 어쩔 수 없었을 것이다.

뺀지르르한 여인이 있는 곳으로 사내의 마음이 흐르는 것이다.

그렇지만 사내들만 탓할 게 아니다. 시골 아낙들도 자신을 가꿀 줄 알아야 한다. 가꾸지 못한 자신의 죄도 있는 것이다.

뿌노 / 아만타니 / 추쿠이토

　그러니 속만 중요한 것이 아니라 겉도 중요한 것이다. 세상 사내들이 대부분 그러하다면, 그러한 것에 자신을 맞추어 스스로 가꾸어야 되지 않을까?

　물론 현명한 사람들은 겉도 보고 속도 본다. 겉을 통해 속을 안다.

　그렇지만 대다수의 사람들은 현명한 게 아니니까 어쩔 수 없이 자신을 변화시켜야 하는 것이다.

　"상대가 변하지 않으면 내가 변하라!" 만고의 진리이다.

　만에 하나, 현명한 사람을 남편으로 맞으려 한다면, 그것은 허황된 꿈이다. 하늘의 별따기다. 어쩌다 재수 좋으면 가능하긴 하겠지만.

　어찌되었든 애는 뺐는데 남자가 배신을 때리면, 신랑 부모가 태어난 아기를 길러야 하며 신부 집에 양이나 돼지 등으로 배상을 해야 한다.

35. 트랜지스터 라디오가 중매쟁이?

36. 또 바가지를 썼구나!

2001년 8월 9일(목)

다음 날 아침, 일찍 일어나 칫솔과 수건을 들고 호수가로 내려갔다.

아만타니 섬의 잉카 인디언들은 공동 우물에서 물을 길어다 쓰는데, 물이 귀하기 때문에 물 한 방울이라도 아껴 주어야 되겠다 싶어 산보 삼아 호수가로 내려간 것이다.

세수와 양치질을 한 다음 올라와 아침을 먹으니 벌써 7시 40분이 지났다.

8시에 배를 타고 다킬레(Taquille) 섬으로 이동하여 뿌노로 되돌아

다킬레 섬: 저 멀리 볼리비아의 눈 덮인 산이 보인다

뿌노 / 아만타니 / 추쿠이토

가는 것이 오늘 일정이니까 짐을 싸야 한다.

짐이라고는 가방을 뿌노의 호텔에 맡겨놓았으니 별 것이 없다.

잠시 후 민박집 처녀가 다시 예쁜 인디언 옷을 입고 나타났다.

집 주인에게도 인사를 하고 처녀를 따라 부둣가로 나갔다.

이 집 저 집에서도 마찬가지이다. 부둣가에서는 비록 하룻밤 민박이었지만 이들의 따스한 정 때문인지 함께 사진도 찍고 부둥켜안기도 하고 그런다.

아만타니 섬을 떠나 다킬레 섬으로 이동하는데, 처녀들은 아직도 부둣가에서 손을 흔든다.

다킬레 섬은 잉카 인디언의 고유 언어인 케챠 언어가 아직까지도 살아 있는 섬으로 유명하다.

안내인의 말에 따르면 아만타니 섬의 말과 다킬레 섬의 말이 서로 달라 의사소통이 잘 안 된다고 한다.

같은 잉카족이지만 아마도 말이 많이 분화된 듯하다.

다킬레 섬은 길이가 약 4km 폭이 약 2km인 작은 섬인데, 주 산업은 알파카 등으로 옷을 짜서 파는 의류 산업이고 그 다음이 산비탈에 농사를 짓는 농업이다.

약 2,000명이 거주하며 케차 말만 쓰고 춤과 노래를 즐긴다.

그렇지만 종교는 대부분이 가톨릭을 믿으며 섬 가운데에 산 산티에고 성당이 있다.

다킬레 섬에서 내려 오솔길을 따라 섬의 가운데로 들어서니 집들이 모여 있고 성당도 있고 박물관도 있다.

그러나 별로 볼 것은 없다. 성당도 조그맣고 낡았으며 박물관도 별로

36. 또 바가지를 썼구나!

볼 만한 게 없다.

별로 볼 것도 없으나 이 조그만 촌락에도 박물관을 만들어 놓았다는 사실만큼은 알아주어야 한다고 생각한다.

곧, 페루인들의 문화에 대한 높은 자부심과 인식을 엿볼 수 있다.

그곳에서 점심을 먹고 섬을 가로 질러 큰 부둣가로 나왔다. 부둣가 나오는 길은 돌을 쌓아 만든 문이 있다.

다킬레 섬에서 우로스 섬에서 만났던 한국인 학생을 또 만났다.

한국외국어대학교에 다니는 학생으로서 혼자 배낭여행을 왔다는데 우로스 섬에서 우리를 보고 반갑게 달려와 인사를 한 학생이다. 이름이 이〇〇라고 했던가?

다킬레 섬으로 드나드는 돌문

뿌노 / 아만타니 / 추쿠이토

다킬레 섬: 밭과 집

우리 집 큰 애 또래인데, 이집트, 인도 유럽 등을 배낭여행을 했다고 한다.

외아들이라서 아버지가 무척 말렸는데 이제는 자랑스러워하신단다.

참으로 씩씩한 젊은이이다.

이런 저런 이야기 끝에 1박 2일의 관광비용 이야기가 나왔는데, 우리가

"30달러 달라는 것을 5달러 깎아서 25달러씩 둘이 50달러를 주었는데, 괜히 깎은 것 같아. 관광 에이전트, 배를 모는 선장, 관광 안내인, 그리고 관광회사가 이 돈을 분배하면, 아마도 민박집 인디언에게 돌아가는 돈은 10불도 안 될 것 같아."

36. 또 바가지를 썼구나!

라고 하니까, 대뜸 한다는 소리가

"바가지 쓰셨네요."였다.

우리가 채택한 1박 2일 프로그램의 공식 비용은 10달러라는 것이다.

자기는 8달러로 깎았다면서-.

그러면서 우리처럼 부부가 돌아다니면, 다른 사람들과 이야기할 기회도 많지 않고 따라서 현지 정보가 어두워 바가지를 쓸 수밖에 없다는 것이다.

배낭여행을 하게 되면, 자는 곳도 보통 2-3달러하는 침대가 4개-8개짜리 여관에서 자기 때문에 세계 각국의 배낭 여행자들과 만나게 되고, 이야기하다 보면, 각 지역의 자세한 정보를 얻을 수 있다고 한다.

그러니 학생들이 관광 회사에 가면, 아래 위를 훑어 본 후 약간 높은 가격을 제시하고, 그러면 고개를 흔들고 가만히 있으면 다시 가격을 내려 부르고, 다시 고개를 흔들고, 그러다가 적정 가격이나 그 이하가 되면 계약을 한다고 한다.

그러니 배낭 여행객에게는 바가지를 씌울 수가 없는 것이다.

그렇지만 최고급 호텔로 호화 여행을 하는 사람이나 우리 같이 중급 여관을 찾아 여행을 하는 사람들은 바가지를 쓸 수밖에 없는 것이다.

다른 여행객들에게 물어보니 전부 10달러 주었다는 것이다.

지금까지 "괜히 돈을 5달러 깎았구나."라는 생각이 머쓱해진다.

그렇지만 그렇게 아깝다는 생각은 안 든다.

그런데, 그렇다면 민박집에 주는 돈은 몇 달러나 된단 말인가? 하루 밤 재워주고, 세 끼 식사를 해주고, 산꼭대기까지 안내해 주고, 밤에는 같이 디스코까지 춰 줬는데-.

뿌노 / 아만타니 / 추쿠이토

곰은 재주를 부리고 돈은 00놈이 먹는다더니, 혹 그렇지 않은가?

인디언들의 몰락이 다시 한 번 가슴에 와 닿는다.

차라리 바가지 쓰지 말고 한 20달러를 민박집에 쥐어 줄 것을 그랬다 싶다.

36. 또 바가지를 썼구나!

37. 추쿠이토 사원: 웬 남근(男根)들이 이렇게?

2001년 8월 9일(목)

1박 2일의 티티카카 호 관광을 끝내고 돌아오니 오후 4시쯤 되었다.

호텔로 돌아와 샤워를 한 다음 뿌노 근교의 관광지를 몇 군데 더 둘러보기로 했다.

실루스타니(Sillustani) 유적지와 추쿠이토(Chucuito) 사원 등이 있는데, 시간상 한 군데밖에 갈 수가 없다.

실루스타니 유적지는 안내장에 따르면, 10세기경으로 거슬러 올라간 잉카 이전의 시대에 세워진 장례를 위한 탑들이 있는 곳이다. 한편, 추쿠이토 사원은 수많은 남근들을 조각해 놓은 곳이다.

둘 가운데 하나를 보아야 하는데, 어이 하나?

이런 땐, 원초적 본능에 충실해야 한다. 추쿠이토 사원이다!

아무래도 누워 있는 땅 속의 해골보다는 생산을 담당하는 남근이 낫지 않겠는가? 남근이야말로 고귀한 것인데, 사람들이 옷으로 늘 가리고 있어 잘 보기 어려운 …….

배에서 내린 후 호텔로 안내해 주는 레퍼드에게 추쿠이토 사원까지 얼마나 드는가 물으니 20달러를 내라고 한다. 왕복 택시비만 해도 20달러 가까이 든다고 한다.

그렇지만, 레퍼드에게 "다시는 속지 말자."고 마음속에 깊이 다짐하고 있었기에 알겠다고 그러고는, 쉬겠다면서 샤워를 한 후 호텔에서 나와 지나가는 택시를 불러 가격을 흥정했다.

기억은 나지 않지만 왕복 택시비--레퍼드가 제시한 가격에 비하면 그것도 엄청 싸다--만 내기로 하고 택시를 대절했다.

역시 현명한 처사이다.

이런 걸 보면, 아무리 정직한 사람도 속이는 사람에게는 현명하게 대처해야 한다.

덕이 있는 사람은 알고도 그냥 속아 주어 자신이 바보가 됨으로써 속이는 사람을 기쁘게 해 주겠지만, 아직은 그만큼 덕이 충분하지 못하다.

이런 걸 보면 나는 덕이 모자란 사람이다.

이런 점은 반성해야 한다.

추쿠이토 사원으로 가는 길은 뿌노 시내에서 꽤 떨어진 곳이었는데,

추쿠이토 사원의 남근석

37. 추쿠이토 사원: 웬 남근(男根)들이 이렇게?

왼쪽으로는 바다를 오른 쪽으로는 기암괴석이 있는 곳을 지나서 가야 한다.

기암괴석이 썩 볼만큼 신기한 것은 아니었으나 드라이브를 즐기기에는 차비가 아깝지 않는 길이다.

추쿠이토 사원에 도착하니 어느 덧 해는 서산에 걸려 황혼이 지고 주위는 어둑어둑해진다.

입장료를 받는 것으로 알고 있었으나, 시간이 늦어서인지 아무도 돈을 받는 사람이 없다.

사원 안을 들여다보니 인위적으로 깎은 남근석이 수십 개(어쩌면 백 개가 넘을지도 모른다) 놓여 있다.

> 왜 저리 생겼는가 보기는 흉측해도
> 만지며 기도하면 아들 딸 낳는다네
> 아낙아 부끄러마라 믿음대로 되리라"

자연적으로 이루어진 남근석은 미국의 아치 국립공원에서 수백 개(아마도 천 개가 넘을지도 모른다)를 본 적이 있으나, 여기에 있는 것은 전부 사람이 깎아 만든 것이다.

잉카인들의 남근 숭배 사상일까? 아니면 기자(祈子)사상일까?

여하튼 조금 민망하기는 하지만 그대로 장관이다.

뉘엿뉘엿 넘어가는 해를 등지고 다시 뿌노 시내로 돌아오니 이제 완전히 어두워졌다.

호텔로 가려다 그저께 사먹은 중국 집 근처에 내려 배갈 비슷한 중국 술과 저녁을 먹고 호텔로 돌아왔다.

그런대로 뿌노 구경은 잘 한 셈이다.

38. 뿌노에서 아레키파 가는 길

2001년 8월 10일(금)

정직의 미덕 속에서 늘 합리적으로 따지며 살아왔던 사회에서는 '속으면 바보'가 되지만, 속임이 일상인 사회에서는 '따지는 사람이 바보'가 되는 것이리라.

뿌노에서 아레키파로 가는 날이다.

아침에 여행 에이전트인 레퍼드가 차를 가지고 와서 시외버스 타는 곳으로 데려다 준다.

어제 티티카카 호 관광을 마친 후 아레키파 가는 차표를 미리 구입하여야 한다고 하기에, 뿌노에서 아레키파까지 차비를 얼마인가 주었는데, 버스에 올라 탈 때까지 차표를 주지 않는다.

버스가 떠나려 할 즈음에야 우리 짐을 들어주고 바지런을 떨더니 버스 좌석까지 안내하고는 이내 "잘 가라!"고 하며 차표를 내민다.

차표를 받아들자, 레퍼드는 급히 내리고 버스는 출발했다.

버스가 출발한 지 한참 후에야 버스표를 보고 또 속은 것을 알았다.

버스표에 적혀 있는 영수증에는 레퍼드가 달라고 하던 버스 값의 반밖에 안 적혀 있는 것이었다.

그제서야 아침부터 버스표를 주지 않고 레퍼드가 딴 청을 부린 이유를 알 수 있었다.

결국 바가지를 쓴 것이다.

"어쩐지, 딴 청을 부리더라니―."

우리는 서로 마주 보며 웃을 수밖에 없었다.

그렇지만 이상하게도 기분이 나쁘거나 화가 나지는 않는다.

보는 대로, 기회 있는 대로 속이려 하는 데도 전혀 밉상이 아닌 이유는 무엇일까?

그곳 물가가 싸기 때문에 바가지 써 봐야 얼마 안 되는 돈이라서 그럴까?

아레키파 가는 길: 호수

전혀 그렇진 않은 것 같다.

그렇다고 "오죽하면 그렇게 살겠냐!"면서 동정하는 마음이 강하게 일어나기 때문도 결코 아니다.

속이려 드는 데도 밉지 않은 이유는 아마도 그들의 천성이 낙천적이고 원래 심성이 착하다는 것을 느끼기 때문인 듯하다.

그들은 속이다 들켜도 씩 웃으면 그만이다.

180

씩 웃는 것이 순박해 보이니까 더 이상 따질 마음이 나지 않는다. 그냥 그것으로 끝이다.

보통 속았다는 것을 알았을 때 자신이 바보가 되는 느낌이지만 여기에서는 전혀 그렇지 않다.

> 속이고 속이는데 밉지가 아니하네
> 본성이 착한 줄을 저절로 알았으니
> 그렇게 속아주면서 그 일상을 즐기세"

뒤늦게 알아채지만 한편으로 속는 것이 즐겁기도 한 것이다. 어찌 보면 속는 것도 관광의 일정 속에 포함되어 있는 것이며 관광객은 은근히 그것을 즐기는 것이다.

아레키파 가는 길: 산

38. 뿌노에서 아레키파 가는 길

 늘 합리적으로 따지며 살아 왔던 그리고 정직의 미덕 속에서 어쩌다 속는 것에 분개해왔던 생활 패턴에서 벗어나, 속임이 일상생활인 곳에서 가진 자의 여유가 속는 것을 허용하며 즐기는 것은 아닐까?

 그리고 이렇게 단정한다면, 그것은 가진 자의 교만일까?

> 합리가 진리일까 정직이 미덕일까
> 속아도 웃는 세상 무엇이 진짜일까
> 두어라 기존 가치에 얽매이지 말거라"

 버스는 어느 덧 뿌노 시내를 벗어나 산길을 달린다.

 차창 밖으로 호수가 보인다.

 그리고 산도 보인다. 전부 3,500미터가 넘는 산들이다. 기암이 서 있는 산도 있고, 흰 색으로 된 산도 있다.

 흰색의 산은 아마도 소금 덩어리로 이루어진 산일 것이다.

 그러다가 이제는 사막이다.

 포장도 안 되어 있는 도로에--어쩌면 포장된 도로가 모래로 덮여있는지도 모른다--자동차 바퀴 자국만 나 있다.

> "덧없이 달려가는 인생의 흔적들을
> 설산은 굽어보고 별말이 없는데도
> 먼지만 풀풀거리며 그 흔적을 덮누나"

 자동차 바퀴를 따라 달리면 아레키파로 연결될 것이다.

 하루 종일 달리다 보니, 이제 아레키파가 얼마 남지 않은 것 같다.

 차창 밖 왼쪽으로 큰 호수가 보이고, 자세히 보니 홍학들이 떼를 지어 서 있다.

사진에 잡아넣었으나 거리가 멀어 홍학의 모습은 조그마한 분홍색 점으로 밖에 안 나타나는 것이 아쉽다.

홍학들이 군무를 추는 호수를 지나 조금 더 가니, 오른쪽으로 머리에서 연기를 뿜고 있는 화산이 보인다.

미스티 화산이라고 한다.

옆에 앉아 있는 관광객 부부가 미스티 화산을 가리키며 그곳에 등반할 것이라고 한다. 오로지 미스티 화산 등정을 위해 아레키파로 가는 길이란다.

미스티 화산을 뒤로하고 버스는 계속 내려가기 시작한다.

저 밑으로 도시가 보인다.

아레키파 가는 길: 사막

38. 뿌노에서 아레키파 가는 길

한참 내려온 버스에서 위를 쳐다보니 정말 높은 곳에서 갈 지(之) 자로 내려 온 것을 알 수 있다.

아레키파에 도착하여 택시를 타고, 레퍼드에게 속기는 했으나, 레퍼드가 예약해 놓은 호텔로 가지 않을 수 없었다.

왜냐하면 하루치 방 값을 미리 주어야 예약이 된다고 하기에 레퍼드에게 하루치 방 값을 미리 지불하였던 까닭이다.

호텔에 가보니 방은

살아있는 미스티 화산

그저 쓸 만했다.

그리고 방 값도 하루치는 주인이 받았다고 한다.

그런데 카운터 너머로 쓰여 있는 방 값을 보니 25달러이다. 레퍼드에게는 30달러를 주었는데ㅡ.

5달러를 역시 바가지 쓴 것이다.

"허, 참!"

이제 속는 게 일상이 되었다.

아레키파 / 나즈카

39. 아레키파: 대성당, 콤파냐 교회 등

2001년 8월 11일(토)

아침 일찍 호텔에서 나와 시내 구경을 하였다.

아레키파는 미스티 화산(5,825미터)과 차차니 화산(6,070미터) 및 사반카야 산(5,975미터) 등 높은 산으로 둘러 싸여 있다.

시내에서도 미스티 화산과 차차니 화산이 머리에 하얀 눈을 이고 있는 것을 볼 수 있다.

아레키파는 백색의 도시로 불리는데, 도시 한 가운데 아르메스 광장(Plaza de Armes)이 있고, 그 광장 한 쪽으로는 대성당(Cathedral)이

플라자 드 아르메스

39. 아레키파: 대성당, 콤파냐 교회 등

콤파냐 교회

있으며, 주위에는 상가 건물과 콤파냐 예수회 교회(Jesuit church of La Copania), 산 프란시스코(San Francisco) 교회, 산타 카탈리나(Santa Catalina)교회 등이 있다.

또한 미스티 화산의 장엄한 광경을 보기 위해 카이마(Cayma)나 야나후아라(Yanahuara)지역을 방문할 수도 있다.

반나절 관광 코스로는 아레키파 근교의 사반디아 방앗간(Sabandia Mill)과 파운더스 맨션(Founders Mansion)이 있다.

이곳에는 암파토 빙하(Ampato glacier)에서 발견된 산신에게 바친 '태양의 처녀' 미이라가 있다.

한편, 여행안내소에 가서 알아보았더니, 일박이일로 콜카 캐년(Colca

Cannyon) 관광이 있다고 한다.

콜카 캐년 관광은 미스티 화산과 차차니 화산 사이로 난 길을 지나 칼랄리(Callalli)와 시바요(Sibayo)라는 그림 같은 도시를 보고, 콜카 캐년에서 하늘을 빙빙 도는 큰 독수리인 콘돌을 볼 수 있다고 한다.

사실은 콜카 캐년을 가려고 하였으나 당일 갔다 오는 것이 없어 다음 일정 때문에 생략할 수밖에 없었다.

왜냐하면 오늘 저녁 버스로 밤을 새워 나즈카로 갈 계획이었기 때문이다.

콤파냐 교회의 기둥 벽

시내 관광을 하려고 지도를 보고 돌아다닐 곳을 정했다.

우선 호텔에서 가까운 산타 카탈리나 교회를 거쳐 거리 구경을 하면서 콤파냐 교회에 이르렀다.

콤파냐 교회는 전체적으로 육중하니 무게를 느낄 수 있도록 지은 건물인데 기둥에 조각

대성당과 미스티 화산

해 놓은 장식이 참 아름답다.

또한 시내 한 가운데에 있는 아르메스 광장 역시 참으로 아름답다. 가운데 분수도 아름답고, 종탑 너머로 보이는 미스티 화산을 배경으로 서 있는 대성당 역시 볼 만하다.

그러나 대성당은 건물을 수리 중이라 들어갈 수 없어 유감이다.

대성당 맞은편의 건물은 상가로 쓰이는데 기둥과 벽 사이가 아치형으로 되어 있어 역시 아름답다.

아르메스 광장 부근의 통닭집에서 튀김 닭을 한 마리 뜯으며 점심을 때운 후, 호텔에서 짐을 들고 나와 시외버스 정류장으로 향했다.

나즈카를 보기 위해 하룻밤을 절약하고 밤 버스를 타기로 한 것이다.

40. 튀긴 문어를 먹다 버스를 놓칠 뻔했네.

2001년 8월 11일(토)

터미널에 가서 버스를 타는데 아무리 살펴보아도 전번에 내린 곳이
아니다.

어찌되었든 시간이 좀 남았으므로 저녁을 먹어야 했는데, 이곳저곳
터미널에 있는 음식점을 기웃거리다가 터미널 이층에 있는 한 음식점에
들어가 문어를 시켰다.

문어를 이곳에서는 뿔포(Pulpo)라 하는데, 튀긴 문어로 해석되는 치
차론 드 뿔포(Chicharron de Pulpo)가 눈에 뜨이기에 그것을 주문하

플라자 드 아르메스

40. 튀긴 문어를 먹다 버스를 놓칠 뻔했네.

였다.

튀긴 것에는 실란트라가 없으니까 역겨운 냄새도 없을 것이라 생각했기 때문이다.

참고로 스페인어로 닭은 뽀요(Pollo), 달걀은 후에보(huebo), 소고기는 카메 드 레스(Came De Res), 물고기는 페스카도(Pescado), 새우는 카메론(Cameron)이라 한다.

또한 국 종류는 칼도(Caldo), 바삭하게 튀긴 것은 치차론(Chicharron)이고, 소금은 쌀(Sal)이라 한다.

그러니 새우탕은 칼도 드 카메론이고, 닭국은 칼도 드 뽀요이다.

플라자 드 아르메스

외국에서 생존을 위해서라면 요런 이름들은 외워두는 게 좋다. 모두 먹는 것들이기 때문이다.

한편, 이들은 음식에 실란트라 또는 굴란트라라고 하는 향초를 넣어

아레키파 / 나즈카

먹는데 처음 먹는 이국인에게는 익숙하지 않아 역겹다.

우리는 음식을 주문할 때, 무조건 "노우, 실란트라(No, Silantra), 져스트 쌀(Just Sal)"을 몇 번씩 강조해야만 했다.

밀가루 옷을 입혀 문어를 튀긴 것인데 짭잘한 것이 매우 맛있다.

흔히 문어를 바다의 괴물이라 하여 서양 사람들은 먹지 않는다 하나, 내가 만나 본 노르웨이 사람들은 수산업이 주종인 나라의 사람들이라 그런지 문어와 오징어도 먹는다.

우리나라 사람들의 식성과 비슷한 스페인이나 이탈리아 사람들이 문어나 오징어를 먹는 것은 물론이고.

이런 걸 보면, 문어를 안 먹는 사람들은 아마도 미국 사람뿐인 것

성 오거스틴 성당

40. 튀긴 문어를 먹다 버스를 놓칠 뻔했네.

같다.

이곳 사람들도 문어를 즐겨 먹는 모양이다.

여하튼 오랜 만에 잘 먹었다.

1/3쯤 남은 뽈포를 싸 달라고 하여 버스에 오르니, 버스가 타자마자 금방 출발한다.

시간을 보니 한 이십 분 일찍 출발하는 거였다.

"어, 이상하다. 왜 일찍 출발하지?"

성 오거스틴 성당

이놈들이 늦게 출발하면 늦게 출발하지 일찍 출발할 리가 없는데…….

"버스를 잘못 탔나?"

표를 확인했으니 잘못 탈 리는 없을 텐데, 거 참 이상하다는 생각을 하다 보니 어느덧 버스는 한 십 분쯤 가더니 또 다른 터미널에 선다.

눈여겨보니 어제 버스표를 예약해서 산 터미널이다.

택시 운전수에게 터미널 가자니까 이 터미널로 안 오고 이 터미널

오기 전의 터미널에 세워준 것이었다.

버스 시간 남는다고 노닥거렸다가 잘못하면 버스를 놓칠 뻔한 것이다.

하느님이 도우사 버스는 탔고, 문어 다리를 하나씩 꺼내 씹으니 기분은 좋다. 역시 잘 먹어야 한다.

버스가 출발하여 창밖을 내다보니 벌써 어두워져 밖이 잘 보이지 않는다.

운전석 앞의 창밖을 흘깃 보니 사막과 돌로 이루어진 산이 옆으로 스쳐가는 것이 보일 뿐이다. 볼 것도 없고 이제 뿔포도 다 먹었으니 의자에 기대어 자다 보면 나즈카에 도착할 것이다.

40. 튀긴 문어를 먹다 버스를 놓칠 뻔했네.

41. 나즈카 평원의 그림들: 우주인이 그린 걸까?

2001년 8월 12일(일)

새벽 다섯 시쯤 버스는 나즈카에 도착했다.

짐을 들고 내려 보니 날씨가 시원한 것이 새벽임에 틀림없다.

우리처럼 내린 사람들이 제각각 길을 가는데 갈 곳이 없다. 지금 호텔에 들어가자니 호텔비가 아깝고-.

아침 일찍 비행기를 타고 나즈카 평원의 그 유명한 그림들을 본 후 오후에 리마로 가는 버스를 타면 될 것이다.

그렇다면 일단 나즈카 평원을 보기 위해 비행장으로 가야 하는데 동서남북을 모르니-.

사람들에게 손짓 발짓해가며 나즈카 평원의 비행장으로 가는 길을 물어보니 이쪽으로 조금만 가면 된다고 한다.

영어가 안 통하니 제대로 알아들은 것인지 모르겠지만, 가방을 질질 끌고 일단 방향을 잡아 걷기 시작했다.

조금 걷는데 어떤 사람이 와서 나즈카 평원을 볼 수 있도록 비행장으로 안내해 주겠다고 한다.

그렇지만 믿을 수 없어 뿌리치고 계속 걷다가 지나는 행인에게 비행장을 물어보니 조금만 가면 된다고 한다.

괜히 바가지 쓰고 택시를 탈 필요 없이 아침의 신선한 공기를 마시며 걷는 것도 괜찮다 싶어 계속 걷는데 비행장은 보이지 않는다.

다시 사람을 만나 물어보니 택시를 타고 가야 한단다.

결국 택시를 타고 나즈카 평원의 그림을 보여 주면서 비행장에 가자

194

고 했더니 한 이십 분 정도 가는 거였다.

그 방향도 그 동안 사람들이 손가락으로 가르친 방향과는 전혀 다른 곳이었다.

아마도 의사소통이 제대로 안 되었기 때문일 것이다.

그러니 그냥 걸었으면 비행장은 안 나오고 계속 거리만 헤맬 번한 것이다.

나즈카 평원은 페루 남부의 태평양 연안과 안데스 산맥 기슭사이에 위치해 있다.

이 지역은 연중 안데스 산맥으로부터 서늘한 바람이 불어오고, 한류 인 홈불트 해류가 흐르는 바다로부터 부는 바람은 습기를 거의 실어 오

나즈카 평원의 벌새 무늬

41. 나즈카 평원의 그림들: 우주인이 그린 걸까?

나즈카 평원의 벌새 무늬

지 못하기 때문에 지난 1만년 동안 거의 비가 오지 않는 사막 지역이다.

이러한 사막 한 가운데에 있는 나즈카 평원에는 비행기를 타고 보아야만 볼 수 있는 거대한 그림들이 그려져 있다.

약 1500년 전에 그린 것으로 추정되는 이 그림들은 이와 같은 건조한 기후 때문에 파괴되지 않고 그대로 남아 있는 것이다.

이 그림들을 보려면 약 300m 높이의 공중에서 내려다보아야 하는데, 이들 그림 가운데에는 앵무새, 벌새, 원숭이, 우주인, 개, 나무, 고래 등의 구체적인 동식물 형태를 보여주는 것이 30여개 있고, 삼각형이나 소용돌이, 직선, 사다리꼴 등의 추상적인 그림들도 있다.

혹자에 의하면 이러한 기하학적 무늬들은 200개 이상이 있다고 한다.

그림 한 개의 크기는 대체로 100m에서 300m에 달하는 거대한 것인데 어떤 것은 8km의 직선이 마치 긴 활주로처럼 뻗어 있는 곳도 있다.

그렇지만 이 그림들이 왜 그려졌는지는 아무도 모른다.

먼 옛날 지구를 찾아 온 외계인들의 우주 정거장이라는 설도 있고 천문과 관계있는 그림이라는 주장도 있다. 예컨대, 미국의 폴 코스크 박사는 1948년 이 그림들을 '세계 최대의 천문력'이라고 주장한 바 있으며, 라이헤 박사도 이 그림들이 달과 관련된 그림들이라고 주장한다.

그렇지만, 1968년 천문학자 제랄드 호킨스는 나즈카 문양이 천체와 관계되는지 여부를 조사한 후, 나즈카의 문양이 천체와 관련된다는 생각은 잘못된 것이라고 결론지었다 한다(http://my.dreamwiz.com/ show ufo/nazka.htm).

한편 이 거대한 그림들이 어떻게 그려졌는가에 대해서는 여러 가지 주장이 있는데, 가장 유력한 설은 나즈카 사람들이 연이나 기구를 타고 공중에서 그림의 전체 모양을 보아가며 그렸다는 주장이다.

나즈카의 무덤 속에서 나온 직물류와 토기에는 기구나 연으로 보이는 깃발과 끈을 늘어뜨리면서 비행하는 물체의 그림이 수없이 그려져 있고, 옛 나즈카인들은 종교 의식 때 연을 날리거나 열기구를 띄우는 풍습이 있다고 하니 이 주장은 신빙성이 있다.

실제로 나즈카 평원의 한쪽 부분에는 열기구를 띄운 흔적--검게 그슬린 자리--이 남아 있다고 한다.

그렇다면 나즈카인들은 정말로 하늘을 난 것일까?

우리가 모르는 것이 너무도 많다.

그러면서도 모르는 사람들이 너무나 아는 체를 한다.

41. 나즈카 평원의 그림들: 우주인이 그린 걸까?

그렇지만 그렇게라도 안 한다면 어찌 진실을 찾아낼 수 있을 것인가? 다른 방법이 있을까?

아는 것뿐만 아니다.

무엇이든 "~체하면, ~하게 된다." 예컨대, 잘난 체하면 잘나진다. 못난 체하면 못나진다.

그러니 이왕이면 아는 체, 잘난 체하라! 그리고 그것을 목불인견이라고 무시하거나 너무 비아냥거리지 말고 너그럽게 받아주는 사회가 되었으면 좋겠다. 비록 그러려면 인내심이 필요하겠지만.

그래야 과학이 발전하고 사회가 발전한다.

여하튼 "아는 체 하다보면, 알게 된다."

특히 이 말은 과학자들이 금과옥조로 삼아야 할 말 아닐까?

비행장에 도착하니 이곳저곳에 경비행기들이 눈에 뜨이고 회사마다 가격이 약간씩 다르다.

한참을 기다린 후 경비행기를 타고 드디어 나즈카 평원의 그림들을 보았다.

파일로트는 여기 저기 손짓을 해가며 그림들을 설명한다.

잘 못 보았다고 하면 다시 한 번 선회하면서 그림을 보여준다.

땅은 잿빛인데 그곳에 그려진 그림들은 신비하기만 하다.

그러나 사진기에는 잘 잡히지는 않는다.

참으로 유감이다.

사진기가 좋은 것이 아니어서 그런지, 조작을 잘못해서 그런지는 모르겠지만, 아직까지는 기계가 사람의 눈을 따라가지는 못하는 듯싶다.

42. 나즈카는 티코 천국

2001년 8월 12일(일)

나즈카는 리마 동남쪽 약 370킬로미터 지점에 있는 인구 약 3만 정도의 조그만 도시이다.

나즈카 평원의 거대한 그림들을 보고 다시 시내로 향했다.

나즈카 시내에는 이제 자동차들이 무척 많아졌다.

그 중에는 옛날 우리나라에서 처음 나온 시발택시 형태의 세 발 자동차들도 있긴 하지만 대부분이 티코이다.

왠 티코를 그리 많이 팔아먹었는지-.

나즈카에서 리마 가는 길의 조그만 도시 이카: 여기에도 티코가!

리마 가는 길

조금 과장해서 말한다면, 나즈카 시내에서 움직이는 자동차들 중 99%가 티코이고 어쩌다 가끔 조금 크다 싶으면 영락없이 프라이드다.

멕시코시티에도 티코가 택시로 쓰이고 있었지만 여기만큼 많은 것은 아니다. 온통 티코 일색이다. 대부분 노란색을 띠고 있는-.

길거리에 서 있으니 매연 때문에 눈이 따갑고 호흡이 가쁘다.

여기에서는 매연 검사를 안 하는 모양이다.

택시를 하나 잡아타고 보니 역시 티코인데 좌석의 시트는 찢어져 있고 앞의 유리도 금이 가 있다.

얼마나 달렸는지를 보니 27만 킬로미터이다.

그러니 왜 그렇게 매연이 심했는지를 알 수 있다.

아레키파 / 나즈카

여기에서 운행되는 차들은 대부분이 오래된 차들이다.

아마도 우리나라에서 경차 보급시에 보급된 중고 티코들을 모두 모아서 수출한 모양이다.

운전사에게 티코가 한국에서 생산된 차라는 것을 아냐고 물으니, 알고 있다면서 티코가 최고라며 엄지를 치켜세운다.

우리나라에서는 티코 타기를 꺼리는 사람이 너무 많은데-.

그래서 티코를 샀다가도 얼마 안 되어 큰 차로 바꾸고, 결국 중고 티코는 바다 건너 여기에 와서야 비로소 대접을 받는 것이다.

우리나라 사람들은 통이 크다. 아마도 큰 자동차가 세계에서 제일 많은 나라일 것이다.

리마 가는 길의 모래산

42. 나즈카는 티코 천국

리마 가는 길

큰 자동차는 미국에서나 볼 수 있고, 우리나라에서나 볼 수 있다.

미국은 땅덩이가 큰 나라니까 큰 자동차가 이해가 된다. 그러나 우리나라는 땅도 좁은데 큰 차를 좋아한다. 통이 커서 그렇다.

실제로 일본이나 유럽이나 다른 나라에서는 배기량 2,500cc 이상 되는 큰 자동차 보기가 '서울 하늘에서 하늘의 별 보기'보다 어렵다.

우리나라 사람들, 통이 큰 것은 좋은데 조금은 반성할 일이다.

사람마다 만족의 기준이 다르고, 아니 사람마다 통의 크기가 다르다는 것을 다시 한 번 깨달으면서 나즈카를 떠나 리마로 향한다.

역시 나즈카에서 리마로 가는 길은 사막 길이다.

그러니 별로 볼 만한 것은 없다.

리마에 도착하여 짐을 맡겨 놓은 로마 호텔로 갔다.

이제 여행도 막바지에 접어든 것이다.

내일 리마에서 대통령 궁 등 구 시가지를 돌아보고, 모레는 금 박물관(Museo de Oro) 등을, 그리고 멕시코 행 비행기를 타면 이제 페루 여행은 끝인 것이다.

42. 나즈카는 티코 천국

43. 리마의 관광 경찰

2001년 8월 13일(월)

로마 호텔에 여장을 풀고 보니, 처음 와서 잤던 사보이 호텔보다 방도 넓고 값도 싸고 훨씬 좋다.

아침에 일어나 간단히 식사를 하고 나서 거리 구경에 나섰다.

대통령 궁 앞에서는 민주적으로 데모를 하고 있다. 순경들이 뒷짐을 지고 둘러싸고 있는 가운데, 평화리에 데모대들이 자기 주장을 편다.

그리고는 정해진 시간 동안 시위를 하고 물러서는 것이다.

대통령 궁 앞의 데모대

우리나라에서는 좀처럼 볼 수 없는 일이다.

정치적으로는 이미 선진국이다.

어쩌면 순경들이 제 시간에 해산하지 않는 사람을 무자비하게 두들겨 패기 때문일지도 모른다. 일단 끌고 가기 전에 무조건 잔인하게 팬다고 한다.

순경의 공권력에 저항하면 가차없이 두들겨 맞기 때문에 일단 순경 말이라면 복종해야 한다.

얻어맞으면 어디 하소연할 때도 없다.

이런 점에서 볼 때, 우리나라 경찰들의 권위는 없어도 너무 없다.

파출소에서 순경에게 대들며 깽판치는 놈들에게도 손을 못 댄다. 우

페루 국회 뒷편

43. 리마의 관광 경찰

리 영토를 침범한 중국 어선의 어부에게 얻어맞아도 무기를 제대로 쓰지 못한다.

'인권'을 내세우는 사회분위기 때문이다.

민주 경찰이 공권력을 남용하는 것은 절대로 있어서는 안 되는 일이지만, 공권력 행사에 저항하는 사람들에게 얻어맞아서야 되겠는가!

인권을 옹호한답시고 범법자에게 얻어맞는 것은 정치적 선진이 아니다.

페루에는 일반 경찰과는 다른 관광 경찰이 따로 있다.

두 사람이 한 조(組)가 되어 순찰을 하는데 마치 우리나라 헌병처럼 말쑥하게 차려 입고 관광객을 도와준다.

만약 무엇인가 묻고 싶은 것이 있으면 이들에게 도움을 청하면 된다.

항상 미소를 머금고 친절하게 관광객을 대한다. 영어도 조금은 할 줄 알고. 관광객이 머뭇거리거나 하면 옆에 와서 무엇 때문에 그러냐고 묻는다.

마침 관광 경찰이 옆으로 지나가기에 리마의 구 시가지에 있는 교회(성당)의 위치를 물었더니 교회까지 데려다 주겠다고 한다.

영어는 능숙하지는 않지만 친절한 태도는 정말 마음에 든다.

이때 옆에 있던 갓 소년티를 벗은 어떤 청년 하나가 다가와 자기가 통역을 해주겠다고 한다--그런데 이름을 잊었다.

대학 입시를 준비하고 있는 학생인데 선교사가 되는 것이 꿈이라면서 영어 공부를 많이 했다며 자신이 배운 영어를 써 먹고 싶어--실습 겸—통역을 자처한 것이다.

곱상하게 생긴데다가 인상이 좋고 착실해 보여 함께 동행하기로 했다.

관광 경찰과 다섯이서 대통령 궁 앞의 마요르 광장 한 켠에 있는 대성당으로 갔다.

가는 도중에 통역해주던 학생에게 물었다.

"너희 대통령은 왜 일본으로 가서 돌아오지 않느냐?"

그러자

"후지모리 대통령 말이군요. 돌아오면 국민들이 용서하지 않을 것이니까 못 돌아오는 거지요. 아마도 돌아오면 국민들이 그를 죽일 거예요." 라면서 씩 웃는다.

이들에 비하면 우리나라 사람들은 얼마나 관대한가? 참 어진 사람들이다.

2,000억, 3,000억 어쩌면 그 이상 되는 돈을 축재한 전직 대통령들을 대통령이라고 예우하고 있으며, 월드컵 축구도 귀빈석에서 같이 보고!

이들 메스티소들은 인디언들의 피와 백인의 피를 함께 물려받아 그런지 평상시에는 착하고 순박하고 평화롭지만, 어떤 때는 이성적인 잔인함을 그 사이에서 언뜻 내비치기도 한다.

아마도 생존의 엄연한 현실 속에서 배태된 저들의 역사가 그들의 성정에 숨어 있는 것이리라.

비록 후지모리가 부정부패를 많이 해서 나라 경제가 거덜났다고는 하지만, 그리고, 산업이 재벌에게 집중되어 있어 빈부의 격차가 심해 대다수의 국민들 사는 꼴은 형편없지만, 이들의 관광 정책만큼은 알아주어야 한다.

예컨대 관광 경찰이 그러하고, 곳곳의 조그만 박물관들이 그러하고,

43. 리마의 관광 경찰

마추피추의 어마어마한 입장료 또한 그러하다. 관광 수입이 물론 중요해서이겠지만, 워낙 잉카 인들이 남겨 놓은 문화유산이 많기도 한 것이다.

관광 경찰과 마요르 광장에서 분수를 배경으로 사진을 몇 장 찍었다.

그들의 인터넷 주소를 받아들고 나중에 부쳐준다고 했는데, 사진을 부쳐주려 했더니 인터넷 주소가 맞지 않아 보내지 못했다.

아마도 적어준 인터넷 주소를 오랫동안 쓰지 않아 말소된 모양이다.

내 홈 페이지를 통해서라도 자기들 사진을 보고 연락을 해주면 좋겠으나, 영어도 잘 못하는 그들이 한국어로 된 이 홈 페이지를 볼 리가 없을 터이니 결국 나만 신용 없는 사람이 되고 말았다.

자신의 인터넷 주소가 말소된 것은 생각하지 않고, "역시 그럴 줄 알

페루의 관광 경찰

리미

대통령 궁의 경호원 교대식

앞어. 도와 줄 때는 좋다고 하면서 결국 떠나면 잊는 것이 당연하지. 지나가는 관광객이 우리에게 무슨 신경을 쓸라고!" 하면서 이들은 벌써 단념하고 있을지도 모른다. 우리를 지나가는 다른 관광객과 마찬가지로 치부하면서.

실제로 여행하면서 사진을 찍어주고 그것을 부쳐준다고 하면서 그 약속을 지키는 사람이 얼마나 되던가?

내 경우를 생각해보니, 거의 대부분 부쳐주지 못했다.

이번 경우처럼 보내주려고 했으나 상대방의 주소가 잘못 적혀 있는 경우가 대부분이었기 때문이다.

그렇지만 상대방은 그렇게 생각하는가? 그렇지 않을 것이다.

43. 리마의 관광 경찰

오해란 별거 아닌 데에서 나오는 것이다.

스스로를 생각해 보아도 자신의 불찰임을 생각하지 않고 상대방을 오해하는 경우가 얼마나 많았던가!

그러니 남을 원망하기 전에 먼저 자신을 뒤돌아볼 일이다.

대성당을 구경하고는 대통령 궁 앞으로 갔더니 마침 경호원 교대식이 있다.

경호원 교대식을 구경하느라 사람들이 몰려 있는 것이다.

관광 경찰에게는 고맙다는 인사를 하고, 통역해주던 청년에게 점심 대접을 하기로 했다.

따로 무슨 대가를 바라는 것도 아니고, 그저 영어로 이야기하는 것이 즐겁다며 자신이 안내를 해주겠다고 하니, 점심 대접은 해주어야 하지 않겠는가?

둘러보아야 할 길 거리의 교회와 성당들이 많다.

그 가운데, 산타 로사 성당, 산토 도밍고 성당 등을 둘러보고 그 청년과 헤어졌다. 내일 다시 만나기로 하고.

성실하게 자신의 길을 개척해 나가기 위해 열심인 청년을 보는 것은 어디에서나 즐거운 법이다. 부디 자신의 뜻을 이루길 빈다.

44. 돈이 없다고 슬퍼할 필요는 없다.

2001년 8월 13일(월)

거리에는 역사적인 건물들 특히 성당들이 많다.

성당들은 대부분 가톨릭의 성인들 이름을 따서 붙인 것들이다. 산 아구스틴 성당, 산 프란시스코 성당, 산 페드로 성당, 산타 로자 성당 등이 그러하다.

그 가운데, 산토 도밍고 성당은 페루의 성인으로 추앙받는 산타 로자(Santa Rosa)와 산 마틴(San Martin)의 무덤이 있는 곳으로 유명하다.

산토 도밍고 성당에 들어가니 성당 내부는 다른 성당과 비슷하나 부

산토도밍고 성당 안

속 건물에 있는 무
덤을 보려면 돈을
내야 한다.

무덤을 보는 데
돈을 내다니!

그 이유는 들어
가 보고야 알았다.

일인당 2솔리
스인가 3솔리스인
가를 내고 성당에
붙어 있는 옆 건물
의 입구로 들어가
면 내정이 나온다.

내정의 건물은
이층으로 되어 있

산토도밍고 성당 등대

는데 아름답게 만들어져 있다.

내정에서 보이는 등대도 아름답고. 방마다 교회와 관련된 유물들이
전시되어 있다.

저쪽 제일 끝의 오른 쪽 방에는 산 마틴의 무덤이 있는 방이 있는데,
그 방의 맞은편에는 환자 옆에 서 있는 산 마틴을 그려 놓은 큰 그림이
있다.

산 마틴은 그림으로 볼 때, 검은 사람이어서 흑인이라는 것을 알 수
있다.

산 마틴에게 기도하면 병든 사람들을 치료해주는 효험이 있다 한다. 우리나라 절의 약사여래와 동격인 셈이다.

아하! 그러니 돈을 받는구나.

아마도 산 마틴은 돈 받기를 원하지 않겠지만, 산 마틴을 모시고 있는 사람들이야 어디 그러한가?

성인(聖人)과 범인(凡人)의 차이는 돈을 좋아하는가 아닌가에 달려 있다.

그러니 돈이 없다고 슬퍼할 필요는 없다. 성인(聖人)이 될 자질이 충분한 것이다.

무덤이 있는 방은 그렇게 크지 않으나 몇 가지 유물(?)이 놓여 있고, 그 앞에서 기도하는 사람들이 몇 명 있다.

장모님과 아버님의 건강을 산 마틴에게 빌고 그 방을 나왔다.

산타 로자의 무덤은 지하로 내려가는데, 산 마틴의

플라자 건물

44. 돈이 없다고 슬퍼할 필요는 없다.

후아카 활라마르카 피라미드

방에서 나와 오른쪽 회랑을 따라 돌면서 가운데에 있는 방으로 들어가면 나온다.

왼쪽 문으로 내려가면 사방 10미터 정도 되는 큰 방이 나오고 지하 정면에 그렇게 화려하지 않은 제단이 있을 뿐 다른 장식이라고는 별로 볼 것이 없다.

한 바퀴 휘 돌아보고 왼쪽 계단을 올라 왼쪽 문(들어갈 때를 기준으로 하면 오른 쪽 문)으로 나온다.

내정을 둘러보고 밖으로 나왔다.

시내에 피라미드가 있다고 하여 산 이시드로(San Isidro) 쪽으로 가니 시내 한 복판에 후아카 활라마르카(Huaca Huallamarca) 피라미드

후아카 활라마르카 피라미드

가 있다.

이 피라미드는 주변에 위치한 현대식 건물과 대조를 이루며, 고대 사회가 남긴 위대한 유산임을 보여준다.

이 피라미드는 1942년부터 발굴되기 시작했는데, 1958년에 피라미드 윗부분에서 48구의 시신을 발견하였다고 한다.

약 2,000년 전에 지은 이 건물은 처음에는 신전으로 사용되다가 나중에 버려졌으며, 그 이후 무덤으로 사용되기도 하고, 거주지로 사용되기도 했다 한다.

예컨대, 이 피라미드 동쪽 테라스에는 잉카족들이 머물던 거주지와 창고 등이 있었음을 볼 때, 이리로 이주해온 잉카족들의 정착지로 사용된 곳이라는 주장도 있다

이 피라미드 옆에는 작은 박물관이 있는데, 크게 볼 것은 없으나, 또

44. 돈이 없다고 슬퍼할 필요는 없다.

한 잉카 시대에 사망한 60대 여인의 신비한 미라를 전시하고 있으며.,
또한 완벽하게 보존된 인간의 머리카락이 붙은 진짜 인간 두개골도 있
다.

216

45. 오로 박물관: 옛 잉카인의 성 생활

오늘은 아침에 일찍 일어났으나 빈둥대다가 점심을 먹고 황금 박물관이라고 하는 오로 박물관을 향해 길을 나섰다.

오로 박물관은 개인이 만들어 놓은 박물관인데 잉카 시대의 생활상을 볼 수 있는 곳이다.

천에 그림 상투 머리

잉카에는 황금으로 만든 물건들이 많은데 그것들이 이곳에 전시되어 있는 것이다. 그래서 이 박물관을 황금 박물관(Museo de Oro del Peru)이라고 부른다.

이곳은 이층으로 되어 있는데, 일층은 주로 스페인인들의 남미 정복 시 사용했던 무기들을 전시해 놓

45. 오로 박물관: 옛 잉카인의 성 생활

았는데 일본 갑옷
도 몇 점 눈에 띈
다.

총, 칼, 창, 갑
옷 등에는 별 큰
관심이 없어 대충
대충 지나치고는
이층으로 올랐다.

이층에 전시된
것들은 잉카 시대
에 황금으로 만든
물건들을 비롯하여
천, 도자기, 조각
등이다.

이층으로 올라
오는 곳에 붙어 있
는 포스터는 이들

천에 그린 상투 머리

이 한국에서도 한 번 전시된 적이 있다는 것을 알려 준다.

그러나 내 눈에 띄는 것은 황금보다도 상투를 튼 조각들과 상투를
튼 사람들을 그려 놓은 저들의 천이었다.

잉카인들의 천에는 상투 튼 인물들이 그려져 있고 돌과 흙으로 빚은
토용(土俑)에도 상투가 나타나 있다.

멕시코의 차풀테펙에 있는 인류학 박물관에서 상투를 보고 놀랐는데

리미

토용: 상투

이곳에서도 상투 튼 사나이가 있다니!

역시 잉카인들과 우리 민족과의 생활 풍습에는 비슷한 점이 많다.

아니, 잉카인뿐만 아니라 마야인을 포함하여 아메리카 인디언들의 생활 풍습은 우리와 비슷한 것이다.

상투 대신에 상투 자리에 새를 조각해 놓은 흙 그릇도 재미있다.

이들의 새에 대한 신앙뿐만 아니라, 언어에서도 고대 한국어와 유사한 점들이 발견되는 것을 보면, 속단할 수는 없으나, 정말로 우리 민족과 어떠한 연관성이 있는 것은 아닐까?

이런 저런 생각을 하며 상투 튼 것들을 눈여겨보다 보니, 이제 또

다시 눈을 끄는 것은
잉카인들의 성에 대한
관념과 그들의 성생활
을 엿볼 수 있는 흙으
로 빚은 그릇들이다.

대개 항아리나 주전
자들인데, 손잡이 등을
성기로 표현한 것도 있
고 여러 가지 성행위
시의 체위를 적나라하
게 표현한 것도 있다.

항아리: 성

이러한 것들을 볼
때 이들의 성 생활은
상당히 자유롭지 않았
겠는가 추측할 수 있
다.

뿐만 아니라 이들의
표현 기법이 성기를 과
장하여 나타내는 등 상
당히 해학적이어서 하
나하나 유심히 보고 있

항아리: 수간

노라면, 입가에 슬며시 웃음을 띨 수밖에 없다.

한편 이들 가운데에는 사람과 사람의 성 행위가 아니라, 짐승과 사람 간의 성 행위를 나타내주는 수간(獸姦)을 보여주는 작품들도 있어 보기에 망측스럽기도 하다.

이층 전시관의 반 이상이 이와 같은 작품들로 채워져 있다.

현대인들에게 성의 적나라한 표현은 은연중에 금기시하는 주제인데, 이 당시에는 전혀 그렇지 않은 모양이다.

성이란 감추면 감출수록 인간의 호기심을 끄는 주제이다.

또한 그것을 통해 인류가 존속해 나가는 것임을 생각할 때, 당시에는 성이 숭배의 대상이 되었을 것이다. 그러니 어찌 보면 이들이 훨씬 솔직하게 성을 표현한 것이리라.

항아리: 수간

45. 오로 박물관: 옛 잉카인의 성 생활

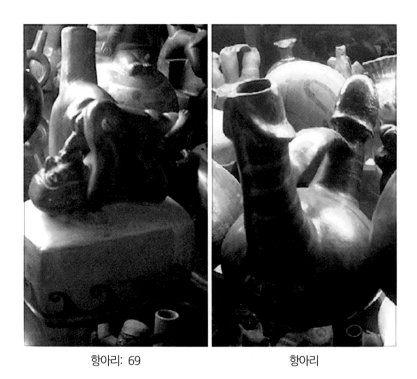

항아리: 69 　　　　　　　　　 항아리

　결국 인간의 관념이란 시대에 따라 변하는 것이고, 따라서 옳고 그름 역시 시대에 따라 규정되는 사회적 관념에 달린 것이며, 예술도 여기에 종속되는 것이다.

　성 앞에서 인간은 얼마나 정직할 수 있을까?

222

46. 리마에서 멕시코시티로

2001년 8월 15일(수)

리마를 떠나 멕시코시티로 떠나는 날이다.

아침 11시 비행기라서 일찌감치 짐을 싸 들고 택시를 타고 리마 공항에 도착했다.

그 동안의 페루 여행이 참으로 좋았다는 느낌과 함께 언제 이곳에 다시 올 것인가라는 생각을 하니 한편으로 섭섭하기도 하다.

한편으로는 내일 모레면, 아니 지구 반대편으로 도니까 하루가 더 걸리므로 한국 시간으로 글피면, 이제 여행도 끝나고 한국에 있을 것이다.

리마 공항의 비행기들

구름

리마 비행장을 떠나 비행기가 멕시코시티에 도착한 것은 오후 5시가 넘어서였다.

지난 번 묵었던 이자벨 호텔로 가기 전에 짐을 공항 짐 보관소에 맡긴 후 당장 갈아입을 옷만 따로 챙겼다.

무거운 짐을 들고 왔다 갔다 하느니 짐을 맡기고 전철을 타고 자칼로 광장에 있는 이자벨 호텔로 가서 하루만 자고 다시 오면 되는 것이니까, 전철 구경도 할 겸 택시비도 절약할 겸 얼마나 좋은 아이디어인가!

멕시코에서 전철은 처음 타 보는 것이다.

그런 대로 전철의 시설들은 괜찮았다.

단지 갈아타야 하는데, 어디에서 갈아타는지를 잘 몰라 지도를 한참

멕시코시티: 공항 도착 전

본 후 ○○에서 갈아타면 되겠구나 생각하고 전철 표를 사 가지고 전철역으로 들어선다.

그렇지만 말도 모르고 멕시코 전철이 처음인 이국인에게는 어느 방향으로 가야 하는지부터가 문제였다.

대충 사람들이 가는 방향으로 가면서 전철에 올라타고 다음에 내려 갈아탈 곳에 신경을 쓰고 있는데, 애를 데리고 있던 부인이 내리면서 따라 오라고 한다.

지하도를 거쳐 갈아탈 곳까지 안내해 준 다음 손짓으로 여기에서 전철을 타라는 시늉을 한다.

아마도 같은 방향으로 가는 사람이려니 생각했는데 전차가 오니까 우리보고 타라고 하더니 자기들은 다시 지하도를 내려간다.

우리를 일부러 안내해 주려고 지하도를 빠져 나오는 두 번 걸음을 한 것이다.

참으로 친절하고 감사한 일이다.

어렵지 않게 "자칼로" 광장에 내려 이자벨 호텔에 들어서자 마치 고향에 온 것 같다.

이자벨 호텔에서도 안면이 익어서인지 반갑게 맞아 준다.

(페루 여행기 끝)

리미

책 소개

* 여기 소개하는 책들은 **주문형 도서(pod: publish on demand)** 이므로 시중 서점에는 없습니다. 교보문고나 부크크에 인터넷으로 주문하시면 4-5일 걸려 배송됩니다.

http//kyobobook.co.kr/ 참조.

http://www.bookk.co.kr/store/newCart 참조.

여행기(칼라판)

〈동남아시아 여행기: 태국 말레이시아〉 우좌! 우좌! 부크크. 2019. 국판 칼라 234쪽. 16,200원.

〈인도네시아 기행〉 신(神)들의 나라. 부크크. 2019. 국판(칼라) 132쪽. 12,000원.

〈마다가스카르 여행기〉 왜 거꾸로 서 있니? 부크크. 2019. 국판 칼라 276쪽. 21,300원.

〈러시아 여행기 1부: 아시아〉 시베리아를 횡단하며. 부크크. 2019. 국판 칼라 296쪽. 24,300원.

〈러시아 여행기 2부: 모스크바 / 쌩 빼쩨르부르그〉 문화와 예술의 향기. 부크크. 2019. 국판 칼라 264쪽. 19,500원.

〈러시아 여행기 3부: 모스크바 / 모스크바 근교〉 동화 속의 아름다움을 꿈꾸며. 부크크. 2019. 국판 칼라 276쪽. 21.300원.

〈유럽 여행기: 동구 겨울 여행〉 집착이 삶의 무게라고. 부크크. 2019. 국판 칼라 300쪽. 24,900원.

〈북유럽 여행기: 스웨덴-노르웨이〉 세계에서 제일 아름다운 곳. 부크크. 2019. 국판 칼라 256쪽. 18,300원.

〈남미 여행기 1: 도미니카 콜롬비아 볼리비아 칠레〉 아름다운 여행. 부크크. 2020. 국판 칼라 266쪽. 19,800원.

〈남미 여행기 2: 아르헨티나 칠레〉 파타고니아와 이과수. 부크크. 2020. 국판 칼라 270쪽. 20,400원.

〈남미 여행기 3: 브라질 스페인 그리스〉 순수와 동심의 세계. 부크크. 2020. 국판 칼라 252쪽. 17,700원.

〈멕시코 기행〉 마야를 찾아서. 부크크 2020. 국판 칼라 298쪽. 24,600원.

〈페루 기행〉 잉카를 찾아서. 부크크 2020. 국판 칼라 250쪽. 17,000원.

여행기(흑백판)

〈일본 여행기〉 별 거 없다데스!. 교보문고 퍼플. 2019. 국판 320쪽.
11,500원

〈중국 여행기 1: 북경, 장가계, 상해, 항주〉 크다고 기 죽어? 교보문고
퍼플. 2017. 국판 211쪽. 9,000원.

〈중국 여행기 2: 계림, 서안, 화산, 황산, 항주〉 신선이 살던 곳. 교보문
고 퍼플. 2017. 국판 304쪽. 11,800원.

〈타이완 여행기〉 자연이 만든 보물. 교보문고 퍼플. 2018. 국판 294쪽.
11,500원.

〈베트남 여행기〉 천하의 절경이로구나! 교보문고 퍼플. 2019. 국판 210
쪽. 8,600원.

〈태국 여행기: 푸켓, 치앙마이, 치앙라이〉 깨달음은 상투의 길이에 비례한다. 교보문고 퍼플. 2018. 국판 202쪽. 10,000원.

〈동남아 여행기 1: 미얀마〉 벗으라면 벗겠어요. 교보문고 퍼플. 2018. 국판 302쪽. 11,800원.

〈동남아 여행기 2: 태국〉 이러다 성불하겠다. 교보문고 퍼플. 2018. 국판 212쪽. 9,000원.

〈동남아 여행기 3: 라오스, 싱가포르, 조호바루〉 도가니와 족발. 교보문고 퍼플. 2018. 국판 244쪽. 11,300원.

〈중앙아시아 여행기 1: 카자흐스탄, 키르기스스탄〉 천산이 품은 그림. 교보문고 퍼플. 2019. 국판 301쪽. 11,700원.

〈조지아, 아르메니아 여행기 1〉 코카사스의 보물을 찾아 1. 교보문고 퍼플. 2019. 국판 245쪽. 10,100원

〈조지아, 아르메니아 여행기 2〉 코카사스의 보물을 찾아 2. 교보문고 퍼플. 2019. 국판 224쪽. 9,400원.

〈터키 여행기 1〉 허망을 일깨우고. 교보문고 퍼플. 2017. 국판 235쪽. 9,700원.

〈터키 여행기 2〉 잊혀버린 세월을 찾아서. 교보문고 퍼플. 2017. 국판 254쪽. 10,200원.

〈시리아 요르단 이집트 기행〉 사막을 경험하면 낙타 코가 된다. 부크크. 2019. 국판 268쪽. 14,600원.

〈유럽여행기 1: 서부 유럽 편〉 몇 개국 도셨어요? 교보문고 퍼플. 2017. 국판 217쪽. 10,400원.

〈유럽여행기 2: 북유럽 편〉 지나가는 것은 무엇이든 추억이 되는 거야 교보문고 퍼플. 2017. 국판 213쪽. 9,100원.

〈북유럽 여행기: 스웨덴-노르웨이〉 세계에서 제일 아름다운 곳. 교보문고 퍼플. 2017. 국판 219쪽. 10,300원.

〈동유럽 여행기: 눈꽃 여행〉 집착이 삶의 무게라고. 교보문고 퍼플. 2017. 국판 253쪽. 11,600원.

〈포르투갈 스페인 여행기〉 이제는 고생 끝. 하느님께서 짐을 벗겨 주셨노라! 교보문고 퍼플. 2017. 국판 180쪽. 8,100원

〈미국 여행기 1: 샌프란시스코, 라센, 옐로우스톤, 그랜드 캐년, 데스 밸

리, 하와이〉 허! 참, 이상한 나라여! 교보문고 퍼플. 2017. 국판 303쪽. 11,800원.

〈미국 여행기 2: 캘리포니아, 네바다, 유타, 아리조나, 오레곤, 워싱턴〉 보면 볼수록 신기한 나라! 교보문고 퍼플. 2018. 국판 258 쪽. 10,400원.

〈미국 여행기 3: 미국 동부, 남부. 중부, 캐나다 오타와 주〉 그리움을 찾 아서. 교보문고 퍼플. 2018. 국판 261쪽. 10,500원.

〈멕시코 기행〉 마야를 찾아서. 교보문고 퍼플. 2017. 국판 248쪽. 10,200 원.

〈페루 기행〉 잉카를 찾아서. 교보문고 퍼플. 2017. 국판 216쪽. 9,200원.

여행기(전자출판)

〈일본 여행기 1: 대마도, 규슈〉 별 거 없다데스!. 부크크. 2019. 전자출 판 2,000원.

〈일본 여행기 2: 오사카 교토, 나라〉 별 거 있다데스!. 부크크. 2019. 전자출판 2,000원.

〈중국 여행기 1: 북경, 장가계, 상해, 항주〉 크다고 기 죽어? 부크크. 2019. 전자출판. 2,000원.

〈중국 여행기 2: 계림, 서안, 화산, 황산, 항주〉 신선이 살던 곳. 부크크. 2019. 전자출판. 2,000원.

〈타이완 일주기〉 자연이 만든 보물 1. 부크크. 2019. 전자출판 2,000원.

〈타이완 일주기〉 자연이 만든 보물 2. 부크크. 2019. 전자출판 1,500원.

〈동남아 여행기 1: 미얀마〉 벗으라면 벗겠어요. 부크크. 2019. 전자출판. 2,000원.

〈동남아 여행기 2: 태국〉 이러다 성불하겠다. 부크크. 2019. 전자출판. 2,000원.

〈동남아 여행기 3: 라오스, 싱가포르, 조호바루〉 도가니와 족발. 부크크. 2019. 전자출판. 2,000원.

〈동남아 여행기 1: 수코타이, 파타야, 코타키나발루〉 우좌! 우좌! 부크크. 2019. 전자출판. 2,000원.

〈태국 여행기: 푸켓, 치앙마이, 치앙라이〉 깨달음은 상투의 길이에 비례한다. 부크크. 2019. 전자출판. 2,000원.

〈인도네시아 기행〉 신(神)들의 나라. 부크크. 2019. 전자출판. 2,000원.

〈중앙아시아 여행기 1: 카자흐스탄, 키르기스스탄〉 천산이 품은 그림 1. 부크크. 2019. 전자출판 2,000원.

〈중앙아시아 여행기 2: 카자흐스탄, 키르기스스탄〉 천산이 품은 그림 2. 부크크. 2019. 전자출판 2,000원.

〈조지아, 아르메니아 여행기 1〉 코카사스의 보물을 찾아 1. 부크크. 2019. 전자출판 2,000원.

〈조지아, 아르메니아 여행기 2〉 코카사스의 보물을 찾아 2. 부크크. 2019. 전자출판 2,000원.

〈조지아, 아르메니아 여행기 3〉 코카사스의 보물을 찾아 3. 부크크. 2019. 전자출판 2,000원.

〈러시아 여행기 1부: 아시아 편〉 시베리아를 횡단하며. 부크크. 2019. 전자출판 2,500원.

〈러시아 여행기 2부: 모스크바 / 쌩 빼쩨르부르그〉 문화와 예술의 향기. 부크크. 2019. 전자출판 2,500원.

〈러시아 여행기 3부: 모스크바 / 모스크바 근교〉 동화 속의 아름다움을 꿈꾸며. 부크크. 2019. 전자출판 2,500원.

〈북유럽 여행기: 스웨덴-노르웨이〉 세계에서 제일 아름다운 곳. 부크크. 2019. 전자출판 2,500원.

〈유럽 여행기: 동구 겨울 여행〉 집착이 삶의 무게라고. 부크크. 2019. 전자출판 3,000원.

〈터키 여행기 1〉 허망을 일깨우고. 부크크. 2019. 전자출판 2,500원.

〈터키 여행기 2〉 잊혀버린 세월을 찾아서. 부크크. 2019. 전자출판 2,500원.

〈시리아 요르단 이집트 기행〉 사막을 경험하면 낙타 코가 된다. 부크크.. 2019. 전자출판 2,500원.

〈마다가스카르 여행기〉 왜 거꾸로 서 있니? 부크크. 2019. 전자출판. 2,500원.

46. 리마에서 멕시코시티로

〈미국 여행기 1: 샌프란시스코, 라센, 옐로우스톤, 그랜드 캐년, 데스 밸리, 하와이〉 허! 참, 이상한 나라여! 부크크. 2020. 전자출판. 3,000원.

〈미국 여행기 2: 캘리포니아, 네바다, 유타, 아리조나, 오레곤, 워싱턴〉 보면 볼수록 신기한 나라! 부크크. 2020. 전자출판. 2,500원.

〈미국 여행기 3: 미국 동부, 남부. 중부, 캐나다 오타와 주〉 그리움을 찾아서. 부크크. 2020. 전자출판. 2,500원.

〈남미 여행기 1: 도미니카 콜롬비아 볼리비아 칠레〉 아름다운 여행. 부크크. 2020. 전자출판. 2,000원.

〈남미 여행기 2: 아르헨티나 칠레〉 파타고니아와 이과수. 부크크. 2020. 전자출판. 2,000원.

〈남미 여행기 3: 브라질 스페인 그리스〉 순수와 동심의 세계. 부크크. 2020. 전자출판. 2,000원.

〈멕시코 기행〉 마야를 찾아서. 부크크 2020. 전자출판. 3,000원.

〈페루 기행〉 잉카를 찾아서. 부크크 2020. 전자출판. 2,500원.

우리말 관련 사전 및 에세이

〈우리 뿌리말 사전: 말과 뜻의 가지치기〉. 개정판. 교보문고 퍼플. 2016.
국배판 729쪽. 49,900원.

〈우리말의 뿌리를 찾아서 1〉 코리아는 호랑이의 나라. 교보문고 퍼플.
2016. 국판 240쪽. 11,400원.

〈우리말의 뿌리를 찾아서 1〉 코리아는 호랑이의 나라. e퍼플. 2019.
전자출판 247쪽. 4,000원.

〈우리말의 뿌리를 찾아서 2〉 아내는 해와 같이 높은 사람. 교보문고 퍼
플. 2016. 국판 234쪽. 11,100원.

〈우리말의 뿌리를 찾아서 3〉 안데스에도 가락국이……. 교보문고 퍼플.
2017. 국판 239쪽. 11,400원.

수필: 삶의 지혜 시리즈

〈삶의 지혜 1〉 근원(根源): 앎과 삶을 위한 에세이. 교보문고 퍼플. 2017. 국판 249쪽. 10,100원.

〈삶의 지혜 2〉 아름다운 세상, 추한 세상 어느 세상에 살고 싶은가요? 교보문고 퍼플. 2017. 국판 251쪽. 10,100원.

〈삶의 지혜 3〉 정치와 정책. 교보문고. 퍼플. 2018. 국판 296쪽. 11,500 원.

〈삶의 지혜 4〉 미국의 문화, 교보문고 퍼플. 근간.

지은이 소개

- 송근원

- 대전 출생

- 여행을 좋아하며 우리말과 우리 민속에 남다른 애정을 가지고 있음.

- e-mail: gwsong51@gmail.com

- 저서: 세계 각국의 여행기와 수필 및 전문서적이 있음